汤姆·斯威夫特和电子回溯镜

【英】维克多·阿普尔顿II 文
燕锐锋 等图
刘庆双 等译

江西·南昌
江西科学技术出版社

图书在版编目（CIP）数据

汤姆·斯威夫特和电子回溯镜/(英)维克多·阿普尔顿Ⅱ文；燕锐锋等图；刘庆双等译. -- 南昌：江西科学技术出版社, 2018.3（2024.1重印）

（汤姆·斯威夫特丛书）

ISBN 978-7-5390-5862-7

Ⅰ.①汤… Ⅱ.①维…②燕…③刘… Ⅲ.①儿童故事－英国－现代 Ⅳ.①I561.85

中国版本图书馆CIP数据核字(2017)第047231号

国际互联网(Internet)地址：http://www.jxkjcbs.com
选题序号：KX2016081
责任编辑：饶春垚
特约编辑：熊　玮

汤姆·斯威夫特和电子回溯镜
TANGMU SIWEIFUTE HE DIANZI HUISUJING

〔英〕维克多·阿普尔顿Ⅱ　文；
燕锐锋　等图；刘庆双　等译

出版发行	江西科学技术出版社
社址	南昌市蓼洲街2号附1号
	邮编：330009　电话：（0791）86623491　86639342（传真）
印刷	三河市嵩川印刷有限公司
经销	各地新华书店
开本	700mm×1000mm　1/16
字数	114千字
印张	10.75
版次	2018年3月第1版　2024年1月第2次印刷
书号	ISBN 978-7-5390-5862-7
定价	39.00元

赣版权登字-03-2017-37
版权所有　翻印必究
（赣科版图书凡属印装错误，可向承印厂调换）

前言 QIANYAN

人总是离不开阅读，特别是在现代化信息时代，阅读无疑更是我们难求的一片宁静港湾，让我们有机会去感受、去体悟、去反思、去认证我们的这个世界和未来的世界。

科幻小说是一种起源于近代西方的文学体裁，在尊重科学结论的基础上进行合理设想后形成的文学作品，具备"逻辑自洽""科学元素""人文思考"三个要素。科幻小说与一般的传统小说不同，其特殊性在于它与科学技术的发展有着直接的联系，能让读者间接了解到科学原理。但它又是一种文艺创作，它扎根于社会现实，反映社会现实中的矛盾和问题，在科学技术发展的方向上，提供若干有参考价值的预见。有时，某些科学发明尚未出现，科幻小说里则已经进行生动的描绘，如潜水艇、机器人和宇宙航行等。

著名文学评论家布哈伊·哈桑曾说，科幻小说可能在哲学上是天真的，在道德上是简单的，在美学上是有些主观的，或粗糙的，但就它最好的方面而言，它似乎触及了人类集体梦想的神经中枢，解放出我们人类这具机器中深藏的某些幻想。

阅读科幻小说至少让我们有如下的感受：

一、文学的轻松愉悦

科幻小说的主题非常明显，它会涉及"未来"和"未知"、"科学"和"规律"、"生命"和"文明"、"生存"和"冒险"等等，每一本科幻小说都是一个全新的世界，每一次阅读都是一段全新、充满惊喜的精神旅程。

二、科学与严谨的想象

爱因斯坦说过，想象力比知识更重要，因为知识是有限的，而想象力概括着世界上的一切，推动着进步，并且是知识进化的源泉。通过阅读科幻小说，感悟其中的想象力，在人文、哲理的思索上，在思想道德意识的增强上所起到的作用是潜移默化的、是发散性的，其威力是不可估量的。

三、引发科学与理性的思考

科幻小说中的"科学方法"是一种有系统地寻求知识的程序，涉及"问题的认知与表述""观察与实验搜集证据""假说的构成与测试"。简单地说就是一个科学理论要经过观察、解释、预测、确认、评估、发表的程序，才能从一个假设发展成原理。科幻小说的"理性思考"就是遵从客观规律、进行逻辑分析的思考方式。

《汤姆·斯威夫特》系列曾是国外流行的科普小说，书中很多的科幻内容今天都已经变成了现实，它曾影响了几代读者，它伴随了很多人的成长。现以中文出版此书，相信书中的情节与科学，也会给中国读者带来同样的快乐体验。

目录 MULU

第一章　地星人的欢迎……………………… 001

第二章　圣　石……………………………… 012

第三章　太空遗迹…………………………… 020

第四章　氦气之谜…………………………… 025

第五章　令人沮丧的失败…………………… 033

第六章　巨　人……………………………… 043

第七章　威猛的麦克斯……………………… 050

第八章　骨瘦如柴的幽灵…………………… 057

第九章　地星盛宴…………………………… 066

第十章　魔法球……………………………… 074

第十一章　虎口余生………………………… 082

第十二章　摔跤手的洞穴…………………… 090

第十三章　鹦鹉的警示……………………… 099

第十四章	好战的疯子……………………………	104
第十五章	观光客落水……………………………	112
第十六章	警察的盘问……………………………	121
第十七章	埋藏的神殿……………………………	129
第十八章	蓄意破坏………………………………	139
第十九章	惊人的招供……………………………	147
第二十章	太空人的命运…………………………	158

第一章　地星人的欢迎

"这是一次全新的科学考察。"巴德·巴克利咧嘴一笑，"可以把土著带出丛林！"

"跟我们的太空漫游是不太一样。"小汤姆·斯威夫特轻笑着应道，"巴德，博士们希望可以通过研究多了解他们。比如说，他们的脉搏频率比我们低20%的原因。"

这位18岁的发明家正驾驶着一架斯威夫特家喷气式货机在F国荒野上空飞行，坐在旁边的是他的朋友兼副驾驶巴德。

"我以我最后的口粮辣椒粉打赌，那些土著不会来！"一个声音忽然插了进来。说话的是乔·温克勒，一个又矮又胖的谢顶男人。他之前是牧场的厨子，现在是斯威夫特家的厨师，跟着他们到处探险。

乔眯着眼趴在飞机窗口向外看，忧心忡忡地摇了摇头，说："我们背可能会被箭射穿的！"

"我跟汤姆都不担心会被扔进他们晚餐的汤锅里。"巴德冲汤姆挤了挤眼,"乔,他们看到像你这么丰满的家伙,就会忽略掉我俩的。"

"你……你……你的意思是我们要找的那……那些土著是食人族?"厨子已经头发斑白,棕色牛仔帽下的脸唰地一下就白了,"我真应该留在家里。"

乔把自己的大本营设在了斯威夫特企业超现代的大型实验站里,汤姆和他父亲就是在那里研制出了所有的发明。

"放轻松,老前辈。"汤姆微笑着安抚他,"飞行员跟你开玩笑呢。地星人热爱和平,非常善良的。"

"他们不是野蛮人吗?"乔呜咽着说。

"当然不是,他们是血统纯正的古地星人后裔,他们的祖先之前统治着这里,还修建了宏伟的神殿。"汤姆回道。

"而且还精通活人献祭呢。"巴德邪恶地坏笑道。

"早已经不这样了。"汤姆说,"他们现在生活非常幸福。"

"地星人现在可能是热爱和平的,可周围还是有很多美洲虎哦。"巴德继续逗他,"而且那些大花斑猫走投无路的时候可是非常凶恶的。"

乔无力地咧了咧嘴说:"呃,它们不惹我的话,我也不会去招惹它们的!对了,汤姆,你打算在丛林里待多久?"

第一章 地星人的欢迎

"一接到我的乘客就走,乔,我也想快点回实验室继续研制我的新相机。"汤姆一直在研发一种电视相机,他希望可以通过拍照恢复古代的字迹和雕刻。

斯威夫特喷气式货机掠过F国海湾的蓝色海面,继续向南飞行。汤姆正在查阅地图,寻找地星人所在的村落。

"我们在哪着陆?"巴德担忧地问道。

下面是一片郁郁葱葱的热带雨林,东南面可以看到加勒比海的海岸,似乎没有地方可以降落。

"看样子得用你的新飞机了。"巴德对汤姆说。

巴德所说的是汤姆另一项惊人的新发明,他们一直带着它就是为了应对这种紧急状况。这个飞行器由喷气式飞机和飞艇组合而成。飞艇的气囊充满氦气后,就可以无动力飘浮,将气放掉,飞艇就可以慢慢着陆了。

巴德·巴克利给这艘飞艇起了绰号——"降落伞机"或"滑翔降落软翼机"。汤姆不断地完善发明,希望可以让灾难性的飞机失事成为过去。他的第一个测试模型正停放在货舱里。

"你说得对,巴德。"汤姆通过耳麦通知斯利姆·戴维斯,"到驾驶舱报到!"

随后,汤姆关掉主引擎,给升降机加大动力,将飞艇稳定在当前位置。不一会儿,斯威夫特的试飞员斯利姆走进了驾驶舱。

"怎么了，机长？我们快到了吗？"斯利姆问道。

"那个小村庄应该就在这下面的某个地方，但是我们得驾着降落伞机着陆。"汤姆解释道，"我和巴德去准备，你来继续驾驶飞艇。"

"我也要一起去。"乔说道。

斯利姆滑进飞行员座椅之后，汤姆、巴德和乔匆匆穿过通道，走下梯子，进入货舱。小巧的降落伞机机头对着货舱口，机翼规矩整齐地收叠在机身两侧。

"我们怎么用这个怪东西飘下去？"乔不安地打量着这个怪模怪样的飞行器，"我以为它应该会有个气球或气囊什么的。"

"当然有了。"汤姆指着机身顶部一个半球形的凸起答道，"现在飞艇气囊的气都放掉了，收在这个小舱里，我们要起飞的话就用氢气把它充起来。"

"呃，那快点吧，汤姆！"乔催促道。

几个机组人员站在货舱里兴致勃勃地围观。汤姆、巴德和乔钻进降落伞机的机舱，在驾驶位坐好，调整耳麦。

"准备好了吗？机长？"一个机组成员的声音从耳麦中传来。

汤姆竖起大拇指作为回应。那个人按下按钮，货舱装卸口的门慢慢滑开。所有的机组成员纷纷冲出货舱，躲避降落伞机

的喷气。

指示灯亮起,一切就绪。汤姆将发动机预热,心扑通扑通地跳个不停。虽然回肖普顿的时候试飞过一次,但这次是在截然不同的大气飞行条件下第一次真正的试飞。

乔紧抓着凹背座椅的侧面,激动地瞪大眼睛。巴德·巴克利内心十分紧张,咧开嘴对年轻的发明家笑道:"出发吧,伙计!"

"这可是你说的!"汤姆抿紧嘴巴,轻碰一下开关,收起飞机轮制动垫块,加大油门。

降落伞机从喷气式飞机的机腹嗖的一下冲了出去!紧接着,飞行器的机翼立刻伸出机身。

机翼划开气流,汤姆本以为飞艇会平稳爬升,结果飞艇却猛地倾斜了一下,差点把他们三个甩出座位。

"控……控制好啊,冒失鬼!"乔面无血色,但努力挤出一个笑容。这时,飞艇突然剧烈地摇晃起来。

汤姆紧握方向盘,努力稳定飞艇。然后,他操控着飞艇转了一小圈,飞到了喷气式货机下方。

"我们现在来看看怎么样。"汤姆转动控制面板上的一个阀门,氦气充入干瘪的气囊。

三人透过头顶上的透明面板,惊奇地看着气囊慢慢从小舱里伸展出来,一点点地鼓起,直至完全膨胀。随后,汤姆慢慢地减少喷射动力,让气囊支撑飞机航行。

短短的一分钟后,他们就地飘浮在丛林上空。

"哎呀,我就知道它会飞得很好。"乔对他的年轻老板说道。

"等他开始放气时再看要不要赞美吧。"巴德逗他,"你也知道,我们还得下去呢。"乔使劲咽了口唾沫,说不出话来。

汤姆启动电泵和压缩机把氦气吸回安装在飞机后舱的氦气罐里,气囊放气产生的嗡嗡声在机舱里回荡,降落伞机缓缓向森林降落。

"我真是佩服你,天才。"巴德拍了拍好友的背,"你这发明总有一天会拯救很多人。"

"我也希望如此。"汤姆谦虚地回答,"但是现在,让我们先祈祷自己不要挂在下面的哪棵树上。"

汤姆虽然没对巴德和乔说出来,但是心里不由得开始担心。尽管已经做了充分的准备,但土著居民会如何问候这些想带走他们的同胞去做科学研究的陌生人?位于肖普顿附近的格兰戴克大学医学院已经通过F国大学和F国政府移民局与海关总署联盟,为运送一些健康的年轻地星人到A国做了周密的安排。可是如果他们因为恐慌而采取敌对行为又该怎么办!

这些想法一直萦绕在汤姆的脑海里。他操控着方向舵和升降舵，驾驶着飞艇朝着森林里的一小块空地缓慢下降。不一会儿，一大群土著居民穿过密集茂盛的树林进入视线。

"接待委员会！"巴德惊呼道。

"我觉得他们看起来还挺友好的。"乔插了一句，他紧张得喉结上下滑动。

看到土著向他们招手的时候，汤姆松了口气，微笑着挥手示意，还催着两个同伴也一同挥手。汤姆缓缓地将降落伞机降落到丛林中，那些人友善地让开了路。

三个飞行员钻出飞艇，人群中响起了热切的欢呼声。地星人友好地一拥而上，还送上了大捧绚丽的花束，但也不忘小心地审视着他们的访客。

"还真是快乐的小家伙啊！"乔笑得合不拢嘴。

土著相貌俊美，体型匀称，有着健康的棕色皮肤，男人们只穿着短裤，女人们身穿样式简单的白色长裙，方形的低领上有灰色刺绣，裙身上也有配套的花边。

一大群光着屁股的小孩抱着父母的大腿，不安地瞄着从天而降的陌生人。许多土著用怪异的语言叽叽喳喳地交谈着。

"这是哪国语言？"乔问道。

"古地星语。"汤姆解释说，"但是有一部分人也说X国语言。"

汤姆还没来得及对他们的友好欢迎做出回应，一位健壮的

第一章 地星人的欢迎

长者举起了手。显然，他就是酋长。看到他的动作后，人群散开，一群男舞者走上前来。

所有舞者都戴着鹦鹉羽毛制成的高耸的发饰。其他几个地星人打起手鼓，吹奏海螺壳，舞者开始跳起典礼之舞。

"请大家吃火鸡内脏吧。"乔赞叹道，"他们这样好像鸟啊！"

"我想他们就是在模仿鸟。"汤姆低声答道。

舞者们舞步优雅轻盈，挥舞着手臂，互相做着啄食的动作。

表演结束，三个A国人大声喝彩，酋长又走上前来。

汤姆和他握了握手，用酋长可以听懂的X国语言说了几句话。随后，这个年轻的发明家交给酋长一些F国政府出具的文件，上面有官方印章，可以证明几位A国访客的身份。

酋长看文件的时候，巴德悄悄对汤姆说："你说他是这些人的首领！"

"他的名字是乔斯，"汤姆补充道，"不过我们得叫他的地星名字——格查尔。"

"格查尔？"乔胡乱地往后推了推牛仔帽，挠挠光秃秃的头顶，"那不也是鸟吗？"

汤姆点点头："现在已经很稀有了，但是绿咬鹃很漂亮，绿色的羽毛华丽修长，古地星人把它们视为神鸟。"

"他们好像很喜欢满身羽毛的鸟啊。"巴德轻笑着说。

格查尔看完文件后,还给了汤姆,然后叫了五个年轻的地星男人过来,一一介绍了他们的名字。"他们会跟你回去。"酋长对汤姆说。

"我和我的族人希望你们可以在村里过夜。"格查尔继续说,"我们还有更好看的表演呢。"

乔猜疑地皱着眉,悄悄对汤姆说:"你觉得留下来安全吗?"

汤姆咧嘴一笑:"乔,你是怕那些炖锅吗?我保证,他们值得信赖。"

汤姆转过身,告诉格查尔他们会留下来,但是得先通知其他朋友,他们一直开着货机在头顶盘旋呢。

酋长点点头,说:"你们准备好了就到村子里来吧,我和我的族人先回去准备一下。"然后转过身,带着族人沿着狭窄的丛林小路走了

三个飞行员重新返回飞机,汤姆通过无线电通知斯利姆·戴维斯。

"找一个降落点,准备过夜。等明天准备好了,我会通知你来接我们的。"

"收到!"斯利姆确认道。

乔跟着汤姆和巴德一同爬出降落伞机,嘴里还在不停地抱怨为什么要留在这个奇怪的地方过夜。突然这个老人倒抽了一口气,抓住了汤姆的胳膊。

"又怎么了?"年轻的发明家问道。

"看……看……那儿!"乔大气都不敢出,抖着手指着下面。

这时,汤姆听到了一声令人毛骨悚然的咆哮声,在附近一棵树最底下的树枝上看见了一头凶恶的美洲虎,张着血盆大口,露出尖利的牙齿。

紧接着,枪声响起!

第二章　圣 石

枪声渐息,美洲虎窜上树干,消失在树冠之间。

"快!快进飞机!"汤姆命令道,"那只大猫可能还会回来!"

"谁开的枪?"巴德问道。刚才死里逃生,年轻力壮的黑发飞行员惊魂未定,吓得面色惨白,浑身发抖。

"我也想知道。"汤姆凝视着窗外,"还有,那枪是冲美洲虎来的,还是咱们?"

巴德又被新一轮的惊吓吓得后背僵直:"喂!你的意思是丛林里有人类敌人?"

汤姆沉思着耸耸肩:"我也不知道。那枪是近距离开火,但却一点儿都没有伤到美洲虎。"

巴德和乔紧张地对视了一眼。有了以前的经历,他们都明白危险遭遇对于小汤姆·斯威夫特来说不是什么新鲜事。在改进了第一项重大发明——飞行实验室后不久,他就迫于无奈与南美一群穷凶极恶的反叛者斗智斗勇。

第二章 圣石

在那之后，各种冒险接踵而来，有的在海底，有的在南极，有的甚至在外太空。年轻发明家汤姆最近的一次壮举，是驾驶着挑战者号宇宙飞船探索月球的时候，使用太空太阳能装置从"绑匪"手里救出了自己的父亲。

巴德和乔还在琢磨自身处境的时候，汤姆决定试探一下这个不知名枪手的意图。他打开舱门，拿着白手帕向外挥了挥。

回应他的是一串尖锐的笑声。片刻之后，一个人大步流星地走了出来。他身穿卡其色、带流苏的马裤和绣花衬衫，头戴遮阳帽，手里拿着一把大火力步枪，背着一个背包。

"这人是谁呀？"乔满脸惊讶，直勾勾地盯着这个新面孔。

"去问一下吧。"汤姆答道。

三人走下飞机，站在这个陌生人面前。这个人中等身材，有一点儿胖，冷漠中不失优雅。他拿出一块丝帕，优雅地擦了擦脸，才开口讲话。

"你出现得真是时候。"汤姆微笑着伸出手。

"你好。"陌生人用指尖和汤姆握了握手，笑容里似乎略带嘲讽。

"你是F国人吗？"巴德问道。他对这个陌生人的态度感到迷惑。陌生人的头发褐中带金，肤色也偏白，似乎不太像本地人。

"我出生在A国，"男人慵懒地答道，"事实上，我认为自己不是A国人，也不是F国人。"

"什么意思？"巴德直率地问道。

"这么说吧，我更愿意称自己为国际主义者。"见汤姆和巴德面色古怪地互相挤了挤眼，他温文尔雅地继续说，"我是来F国大学进修考古学和语言学的，我的名字是威尔逊·赫奇克拉夫特。"

汤姆向他介绍了自己和两个同伴。乔疑惑地问道："你刚才说你进修的那两个是什么东西？"

听到乔的问题，赫奇克拉夫特得意扬扬地笑了笑："考古学和语言学。考古学是研究文化遗址和文物的。"

"哦，你就是那种挖掘远古石头和坟墓这类东西的人啊？"巴德问道。

"也可以那么理解吧。语言学，换句话说就是研究语言。我会说很多种语言，现在正在做实地考察，学习各种印第安方言。"赫奇克拉夫特回道。

"包括地星语？"汤姆问。

"当然。你看，地星语有四个分支——马梅语、阿瓜卡特克语、丘赫语和哈卡尔特克语。但是我对当地部落非常感兴趣，因为他们说的某些词句和那些方言都不同。"赫奇克拉夫特说道。

拿着牛仔帽扇风的乔摇了摇头："对我来说跟听天书似的。"

"总之，"汤姆笑着说，"你刚才正好带着枪，真是太幸运了。"

"如果你们够聪明，会自己带枪的。"赫奇克拉夫特提醒道，"这片丛林非常危险。"

对于这个建议，汤姆没有表态。与他的父亲——著名的老汤姆·斯威夫特一样，他认为科学家应该为人类的和平进步而努力，因为秉承着这一信念，所以在探险中如非必要，汤姆绝不会使用武器。

汤姆换了个话题，说明自己来这的目的。他还邀请赫奇克拉夫特加入他们，一起去格查尔的村子。

赫奇克拉夫特欣喜地说："其实，我正要去那呢。"

于是，汤姆带领着队伍，沿着丛林小路向地星人的村庄进发。暮色降临在雾气弥漫的绿色热带雨林中，叽叽喳喳的小鸟开始安静下来。阳光的消逝并没有给闷热的雨林带来一丝凉风，在幽暗的丛林小径上奋力前行的四人很快就汗流浃背。

过了一会儿，汤姆说："村子就在前面。"

格查尔的村子里有一间间用棕榈叶覆盖的小屋，非常拥挤。每户的前面都燃着炊火。女人们蹲在打开的石壁炉前，轻拍玉米粉做的薄饼，这是他们的晚餐。孩子们在附近嬉笑打闹，男人们围在一起聊天。

格查尔首领走过来迎接他们。汤姆说："这是我们的一个新朋友。"然后向他介绍了赫奇克拉夫特。

格查尔请新来的朋友留下来过夜，然后把他们带到中央的火炉旁。汤姆猜这个火炉可能是用于村庄庆典的。

"希望你们能接受我的族人送上的食物,你们会喜欢的。"格查尔说道。

食物原来是一只烤野火鸡,一堆木瓜、番石榴、香蕉、鳄梨,还有许多装满椰浆的葫芦。

"用用我可爱的小炉灶吧,这些食物都够我们开个正常规格的宴会了!"乔心满意足地喊道。

饥肠辘辘的人狼吞虎咽地吃了起来。就连轻蔑地嘲笑原始烹饪条件的赫奇克拉夫特,也不得不承认晚餐非常美味。

晚饭过后,夜幕降临,丛林上空繁星满天。"真美啊,"乔凝视着天空,"要是能回到家就更好啦。"他随后又补了一句。

格查尔回去为留宿的客人安排住处。"你们会在我的房子过夜——首领的房子。"他自豪地说道。

和村子里其他的房子一样,酋长的房子也是用树苗盖的,外面抹着泥。房子是长方形的,大约7米长,3米高,屋顶很陡,用棕榈叶覆盖着。虽然没有窗户,但两面稍长的墙中间各有一扇门。

两扇门中间悬挂着一排用龙舌兰纤维编织的吊床。酋长解释说,这可以让人在睡觉的时候感受到丛林中偶尔吹来的信风。

"我想我更愿意睡在外面,呼吸新鲜空气。"赫奇克拉夫特嫌弃地嗅了嗅屋里的空气,然后解下一个吊床。

"我也是这样想的。"乔说道。

但是赫奇克拉夫特的下一句话让乔改变了想法。"别忘了,我有枪,你没有。"赫奇克拉夫特提醒他,"那头美洲虎可能还在四周游荡呢。"

很快,村庄沉浸在静谧之中。屋里的三人迅速进入了梦乡。汤姆突然被一声巨响惊醒。

"嗯?怎……怎么啦?"巴德口齿不清地嘟囔了一句,挣扎着想从吊床里坐起来。

"不知道。"汤姆简短地答道,在黑暗中摸索手电筒。

他很快就从之前挂在附近墙上的马裤口袋里掏出了手电筒。打开手电筒时,巴德也醒了,然后爆笑出声。

乔还迷糊着,整个人躺在地板上,无助地缠在蚊帐里,被手电筒晃眼的黄色灯光晃得眯着眼直哼哼。

"到底发生什么事啦?"乔嘟囔一声。

"你应该是从吊床上掉下来了吧。"汤姆笑得浑身发抖,"来,我帮你上去。"

乔刚一回到摇摇晃晃的床上,就睡得人事不知,鼾声如雷。

汤姆轻声笑了起来,悄悄对巴德说:"他都没摔伤。"

第二天早饭后,汤姆急着离开,但是又被格查尔拦下了。

"我们必须先为将随你们离开的五个族人举行一个送别仪

式。"酋长解释道。

整个部落的人围绕在村子中央的石壁炉旁。所有人都像牧师一样低下头，X国语言祷告，为那五个人祈神赐福。

然后，一个比其他人都高的地星人走了出来。他身穿虎皮做的短裙，戴着金属臂环、贝壳项链，还有鹦鹉羽毛制成的发饰 。

"真正的仪式才刚刚开始，这个人是巫医。"赫奇克拉夫特语气轻蔑地对其他人说，"他的部落顽固地秉承着他们祖先的异教徒礼节。"

几个土著搬来一大块平滑的大石头，巫医站了上去，用古地星语念起了咒语。

突然，汤姆惊讶地瞪大了眼睛。石头上刻着奇怪的数学符号，和斯威夫特的神秘的外太空朋友与地球通话时使用的符号很像！

"这是我的幻觉吗？"汤姆心里琢磨着。

之前，从外太空发射过来的一个黝黑光亮的导弹落在了斯威夫特企业集团的空地上，上面就有好几组类似的数学符号。汤姆和他父亲设法解码信息，用大功率无线电发射机进行回复。后来，他们使用一个配有示波显示屏的特殊接收器接收到了信号。

汤姆向前走了几步，想看得更清楚一些，因为石头上的符号非常模糊。

第二章 圣石

突然，一个肌肉发达的土著抓着他的胳膊，把他拽了回去，然后嘘了一声，用x国语言说道："不要干扰神圣的仪式！"

汤姆焦急地等待仪式结束。疑问充斥在脑海里，他快要抑制不住内心的好奇了。

难道是他看错了吗？还是，那些符号真的和他从太空朋友那儿收到的信息中使用的符号一样吗？如果是这样的话，又为什么会出现在这个偏远的丛林村落里？

"我必须弄清楚！"汤姆下定决心，"我可能无意中有了重大发现！"

第三章 太空遗迹

"怎么了,伙计?"看见汤姆茫然地皱着眉头,巴德问道。

"你看那儿。"汤姆指着巫医站着的那块石头轻声说,"你觉不觉得那些雕刻很熟悉?"

巴德惊讶地倒吸一口气,乔也顺着巴德的视线看过去。两人都立刻认出了那些符号。

"天啊!"巴德喃喃低语,"它们好像是示波器收到的东西!"

汤姆点点头说:"我真想走近看看。"

地星巫医刚念完咒语,搬运工就把石头抬走了。汤姆碰碰格查尔的胳膊说:"我能看看石头上雕刻的符号吗?"

首领眯起了眼。他想了一会儿,然后说:"好。"他示意搬运工把石头搬到汤姆面前,又补充了一句,"但是朋友,请你记住,你现在看着的是我们最神圣的宝物。"

神圣！汤姆心想，这下这个发现就更重大了。

他仔细端详着雕刻。很多符号都被风化得几乎看不见。但是汤姆至少可以译解一部分铭文。他的心因为新发现而颤抖不已。

汤姆抬起头看着格查尔，指着一行符号读道："我们中的50个人平安飞抵此地。"

酋长非常惊讶，张大着嘴，满眼敬畏。他抓住汤姆的胳膊，把他从人群中拉到一边。

"你说得对！"他大口大口地喘着气，"但是你是怎么知道的？你能看懂我们祖先在几百年前雕刻的文字吗？"

"能看懂一些，但不是全部。"汤姆答道，"是这样的，我之前从天上的某些人那里收到过这样的符号。"

汤姆简单地跟酋长讲述了落在斯威夫特企业集团的外太空导弹。他也试着说明后来收到的信息，他和他的父亲都肯定那是外太空居民发来的，而且有可能是火星。

听着汤姆的话，格查尔酋长的眼睛越睁越大，虽然很明显他并没有完全听懂。

"这肯定是说，我们的祖先是从天上来的！这块石头一直都是属于我的族人的。"格查尔骄傲地大喊，然后又难过地说，"但是很可惜，我只知道铭文另一部分的意思。"

然后他指着石头上另一组符号读道："我们要寻找舰队中的其他成员。"

"来自另一个星球的星际舰队！"汤姆暗自激动。

几个世纪前，太空人驾驶的舰队曾在这片丛林着陆！那么有没有这么一种可能，这些太空人和人类相貌相似，他们和这里的土著通婚，然后形成了这个特别的部落？

汤姆问首领，能不能讲讲关于他们祖先来到这里的传说。格查尔摇了摇头。

"有一件事我不明白，我的祖先之前为什么要写这些奇怪的符号？它们跟其他的古地星人使用的象形文字也不像。"

汤姆答道："太空人知道数学是唯一精确的'语言'，因为它永远都不会改变。我相信他们写下这些符号，是为了让来自其他星球的人无论何时抵达这里，都可以阅读并破译这条信息，就算他们不会说任何一种地球语言。"

酋长叹了口气，满怀敬意地看着汤姆说："你说得非常对，我的朋友。"显然，他已经为这个年轻发明家的学识深深地折服。

汤姆的大脑兴奋不已。那些太空航行者出了什么事？舰队的一部分在丛林着陆时失事了吗？也许还能找到飞船的痕迹！

汤姆对格查尔大声说："您的祖先可能还留下了其他的石刻或者遗迹。我们可以在丛林里找一找吗？"

酋长耸耸肩，说："当地政府对那些东西可是有法律保护的，你必须先获得他们的允许才能挖掘。"

"我一定会去申请的！"汤姆答道，"申请完就回来。"

与此同时,赫奇克拉夫特一直在远处好奇地看着这两个说话的人。他不停地问巴德和乔,想要知道汤姆对那块圣石如此热衷的原因。而他们俩对此闪烁其词,认为未经汤姆允许就透露如此重要的信息绝非明智之举。

汤姆最后归队的时候说:"我想是时候动身返回飞机了。"

"好,但是我们的乘客哪去了?"巴德环顾四周。

要随他们去肖普顿的五个地星人不见了!汤姆惊恐地向格查尔酋长打听他们的去向。

"别担心,他们只不过是为旅行做准备去了。"首领摆出骄傲的姿态,指了指刚从附近小屋里出来的五个人。

毫无疑问,那的确是那五个志愿者。但是他们脱掉了平时的白色棉质短裤,换上了西装!

汤姆对地星人的装束大加赞赏,然后问酋长衣服是从哪来的。

格查尔解释道:"我们派了一个腿脚快的去买的。"

队伍从村庄出发,几乎整个部落都紧随其后。但是赫奇克拉夫特还是走在队伍最后,按他的话来说就是,没有理由为不必要的事情浪费体力。

到达降落伞机后,汤姆感谢了首领格查尔和他族人的热情款待。随后,旅行者登上飞机。

汤姆坐到驾驶位,通过无线电联系喷气式货机,通知斯利姆·戴维斯:"我们已准备起飞。"

"马上就来,机长!"斯利姆回应道。

汤姆旋转放气阀,等待氦气囊充气。但是,什么动静也没有!

"怎么回事?"巴德问道。

"不知道,"汤姆困惑地答道,"我还是去检查一下氦气罐吧。"过了一会儿,检查完压力计的汤姆表情凝重地回来了。

"氦气罐是空的!"汤姆说道。

第四章 氦气之谜

巴德从座位上跳了起来,冲到站在机尾的年轻发明家身旁,惊慌地问道:"你的意思是液氦泄漏了?"

汤姆面色阴郁地说:"没错,泄漏了。充气塞被完全打开了。"

"天啊!怎么会这样?"巴德惊呼道。

汤姆焦虑地耸耸肩说:"可能是我粗心大意,不小心打开的。但是,说实话,我记得在离开前根本没碰过氦气罐。你们俩呢?"

巴德和乔也都说不知情。乔浑身直冒汗,他像平时一样拿着帽子扇风说道:"没准儿是这酷热难耐的鬼天气,让氦气膨胀起来,最后喷出去了。"

汤姆摇摇头。"氦气不可能膨胀到把充气塞冲开的程度。"汤姆心神不宁,他怀疑有人趁他们不在的时候动了手脚继续说道,"我们最好还是把整个飞艇检查一遍,看看有没有其他问题。"

巴德帮着汤姆一起迅速地检查了喷射引擎、推举器、仪器和其他零件。

结果发现降落伞机没有被破坏的迹象。

巴德问道:"好吧,现在该怎么办?"

"看样子我们只能徒步走出丛林了。"汤姆答道。

"那飞机怎么办?你不是打算把它扔在这吧?"巴德问道。

汤姆犹豫了,迅速地考虑了一下,然后对巴德和乔说:"这样,你们俩介不介意在这儿待一会儿看着它?"

他们同意了,然后乔问道:"那你呢,汤姆?"

"我会带那五个地星人徒步走到斯利姆可以降落的最近的地方,然后打电话回肖普顿,让我爸爸给咱们送来所有需要的东西,包括更多的氦气。"然后汤姆压低声音说,"既然已经见到圣石了,那我想待在这儿挖点儿东西。我会让斯利姆带地星人回肖普顿。"

之前,从地星村庄走向飞机的路上,汤姆已经把石头上符号的含义简要地告诉了两个同伴,也提到希望可以找到其他石头——甚至是找到太空舰队的残骸。

"正合我意。"巴德点点头。

乔也同意了,尽管他对长期停留在闷热的丛林没多大兴趣。

这时,那几个土著好奇地聚集过来,因为延迟起飞而倍感困惑。

第四章 氦气之谜

汤姆向格查尔说明了他现在的处境，请求当地向导带他去可以供喷气式货机着陆的最近的地点。

"好。"首领向他保证，"我们很乐意全力帮助我们的朋友。"

突然，几个眼尖的地星人大声喊叫起来。

"是斯利姆！"巴德急切地大叫。

汤姆抬起头，看到喷气式货机刚刚进入视野。他登上降落伞机，用无线电联络飞机。

"为什么没起飞？出什么问题了吗？"斯利姆问道。

汤姆告诉他氦气从罐子里神秘失踪了，"我们得暂时离开飞艇。你在哪能降落？"

斯利姆回答道："大概离这儿15千米远。"

"能告诉我确切方位吗？"

"当然。"斯利姆稍稍停顿了一下，查看指南针，然后他的声音通过无线电传来，"大概方位是1-7-3度，机长。"

"好，现在听我说。"汤姆快速地说道，"把登山服、火柴、装满水的水壶，还有一个便携指南针打包——所有我们会用到的东西都拿下来。东西都装在货舱里标着'紧急'字样的箱子里。然后着陆，等我们过去。"

"收到！"斯利姆回复。

几分钟后，喷气式货机已盘旋在树顶之上。装货口滑开，从上面放下一条绳索，绳索底端勾着打包好的丛林装备。

汤姆和巴德迅速把包裹取下。

喷气式货机将绳索卷回，摇摆机翼，行告别礼，然后向南呼啸而去。

"这儿也有你们的装备。"汤姆打开包裹，对巴德和乔说，"最好穿戴好这些东西——这样在丛林里会更安全、更舒服。"

三人在飞艇里迅速换好衣服。他们出来的时候，全都穿着卡其色衬衫，把马裤塞进高筒靴里。

汤姆和巴德头戴硬壳太阳帽，而乔还跟平时一样，更喜欢自己的牛仔帽。

"我已经准备好出发。"汤姆用X国语言对格查尔酋长说。

"愿主与你同在，与神共行。"首领面色凝重地与汤姆握手，然后向"医学"五人组示意。他们已经把自己的衣服脱了下来，绑在背后。然后酋长示意另外两个挑选出来的土著，让他们负责把汤姆带到飞艇哪。

"祝你好运，伙计！"巴德说道。

"谢谢，你们俩别担心。我会尽快回来的。"汤姆向两人告别道。

汤姆带着指南针、水壶和弯刀，与七个地星同伴向南走入丛林之中。

土著带着长长的钩形刀、水葫芦和两把步枪。他们轻松随意地挥舞着钩形刀，把拦住去路的藤蔓和树丛砍掉。这些印第

第四章 氦气之谜

安人做得又快又顺，看起来就像是在茂密的丛林中滑行一样。

汤姆发现自己很难跟上他们的脚步。快速小跑着前进了一会儿，他就已经汗流浃背。要不是因为蜇人的昆虫一直围着他嗡嗡转，他早就把衬衫脱下来了。

"唉，我应该为丛林生活做点准备的。"汤姆苦笑着想。

汤姆和地星人抵达喷气货机降落地点已是傍晚时分。飞机降落在一块宽阔的空地上。

"嗨，机长！"斯利姆和其他机组成员纷纷上前拍他的后背，善意地调笑搁浅的飞机。

"你真是选了个放气的好地方啊！"亚弗·汉森和他开玩笑。

亚弗身高2米，体格健硕，为汤姆所有的重大发明制作精密模型。

"我只能说，我们不用走着回家真是万幸啊。"汤姆轻轻笑着回答。

看到喷气式飞机的第一眼，七个土著就为它庞大的体积深深折服。他们说着磕磕巴巴的X国语言，不断向汤姆问问题，称赞飞机为"从天而降的大鸟"。

汤姆登上飞机，立刻用无线电联络远在肖普顿的工厂。企业集团的无线电通讯部主任乔治·迪林将信号转给本部主楼办公室里汤姆的父亲，让他通过耳机和汤姆通话。

"事情进展得怎么样啊，儿子？"著名的科学家问道，

"接没接到医学研究项目需要的地星人?"

"接到了,爸爸。但是斯利姆会把他们带去,我现在还回不去。"然后汤姆向他父亲讲述了降落伞机被迫停飞的不幸遭遇,"我们需要新的氦气罐。但是还有更重要的事,我有一个重大发现!"

汤姆一口气讲述了刻有符号的圣石,以及符号所蕴含的太空舰队着陆的传说。

斯威夫特先生大吃一惊。"汤姆,这可能比医学项目要重要得多!"他大喊道,"几百年前有外星生物在地球着陆!哈!真是难以想象!"

"是啊。"汤姆赞成道,"还有件事,爸爸,如果第一个太空舰队遭遇意外的话,那么也许就可以解释为什么我们的太空朋友感觉无法理解我们的大气层,而且还害怕尝试进入大气层。"

"你说的对,儿子。我们必须竭尽全力把符号的意义做一份详尽的报告发送给我们的太空朋友。"斯威夫特先生继续说,"如果我给你发一本《太空词典》,你能不能多翻译出一些石头上的符号?"

这本密码编译书是斯威夫特父子俩共同编纂的,里面涵盖了从之前获得的信息中译出的所有数学符号。

"那块石刻恐怕磨损得太过严重,字迹模糊。"汤姆解释道,"所以我想让您把我一直在做的相机的试验模型送

过来。"

"你的电子回溯镜?"

"是的,爸爸。我确定它可以帮我们破译剩下的铭文。"

汤姆的最新发明可以在岩石表面,或者其他被磨损腐蚀的表面,"看到"它原本的样子。汤姆坚信它可以为地质学家、考古学家和古生物学家的科学研究提供巨大帮助。

这个相机是在斯威夫特家之前两项成果的基础上研制出来的。其中一个是汤姆的一项发现——一种由所有实体所发出、至今还无人知晓的电磁辐射。这项发现促成了斯威夫特分光镜以及汤姆最新的飞船里使用的力射线斥力装置的诞生。

这个新相机还具备由斯威夫特先生发明的特殊的探测器性能。

汤姆的间谍眼相机也使用了这项发明,使得相机可以通过墙壁或其他固体物拍摄电影。

"如果我的回溯镜起作用的话。"汤姆继续说,"不仅能显示出石刻最初的样子,还可以帮助我们确定太空舰队的着陆日期。我希望,我们可以找到其他的石刻,或者宇宙飞船的痕迹或残骸。但是我们得获得当地政府的许可才能开始发掘。"

"我会申请国务院帮你安排。"斯威夫特先生允诺道。

"好。我想让您把飞行实验室送到这儿来,爸爸。除了相机和氦气之外,顺便送来一辆吉普、一辆履带车,还有我们会用到的发掘工具。"

斯威夫特先生答应会处理这些事情。他还向汤姆保证，等那些害羞的地星人抵达肖普顿的时候，他会前去迎接，然后亲自陪他们去格兰戴克大学。最后，年长的科学家说："自己保重，儿子。"

"我会的，爸爸。代我向妈妈和妹妹问好。"

汤姆关掉广播的时候，天色已经漆黑。他走出货机，感觉到一股强风从海面吹来。

地星人恐惧地挤作一团。他们颤抖着嗓音，用磕磕巴巴的X国语言对汤姆说话。

"他们在说什么，机长？"斯利姆问道。

"他们说我们会遭遇一场暴风雨。"汤姆答道，"我们最好回飞机，确保万无一失。"

他和斯利姆立刻回到驾驶和副驾驶位置，和随后登机的机组人员商讨一番后，关闭了所有舱门。

这时，暴风雨来了。暴雨倾盆而下，狂风肆虐，丛林的能见度几乎为零。

小伙子们透过飞行员窗口，看到附近的树被狂风压弯了。忽然，飞机开始颤动，然后移动起来。

"我们正被风吹得向后退！"斯利姆大声喊道，"汤姆，我们会撞到树上的！"

第五章　令人沮丧的失败

汤姆立即伸手抓住了驾驶盘，发动了引擎。

"你是要试着起飞吗？"斯利姆在飞机的左摇右摆中大声喊道。

"这场暴风雨太危险了。"汤姆简短地回答，"但是也许我可以稳住飞机，不撞到树上！"他慢慢加大油门，给飞机足够大的前推力让它可以向前正常滑行。

汤姆逐渐将喷气的力量调整到足以和风压抗衡。整个机身在恐怖的压力下震颤不已。终于，它摆脱了危险的境遇，不再后退。而此时，飞机尾翼离最近的林带仅1米远！

"噢！"斯利姆擦擦脑门上的汗，"这就是我说的亲密过度啊！"

外面狂风呼啸，暴雨打在机身上哗哗作响，汤姆和斯利姆几乎听不到彼此的声音。

最后，汤姆说："我要去看看其他的人怎么样了。你接手这里，伙计。"

汤姆离开驾驶舱，穿过一条狭窄的过道，在机组舱找到了鲍勃·杰弗斯和比尔·比林斯。但是来自丛林的乘客却不在。

"嘿，地星人去哪了？"汤姆问道。

机组成员茫然地对视一眼，然后鲍勃·杰弗斯大声说："糟了，机长，我们以为他们跟你在一起！"

汤姆的脸刷地就白了。难道地星人改变主意逃跑了？汤姆郁闷地叹息一声。他接受了把小个子们带到格兰戴克大学的任务，但是现在，他却失败了！

"是我的错。"他安抚着焦虑的机组成员，"我应该确认一下地星人有没有登机的。"

然后三人冲到窗户旁向外看。厚重的玻璃上水气横流，一片水幕，很难看到外面，也看不到地星人。

"也许他们并没有一跑了之。"鲍勃说道，"他们可能认为这架飞机在暴风雨里不安全。"

汤姆不相信，依然焦虑不安。他打开舱门，将头伸出门外，想要看得清楚一点。随后，机组成员听到了他的抽气声。

"看见什么了，机长？"比尔·比林斯问道。

"地星人之前把自己的衣服扎好了背在背上——但是现在衣服都被扔在了空地的边上！"

"可能是湿透了以后太重，背不动吧。"

"问题就在这。"汤姆答道，"他们为什么任凭衣服被淋湿？如果他们要找地方避雨，为什么不带着衣服一起走？他们

可是非常以那些西装为傲的。"

"看样子好像是抛弃我们了。"鲍勃说道,"但是他们应该没跑远。等雨一停,咱们就去找找吧。"

暴风雨说停就停,就像它毫无预兆地开始那般。汤姆和鲍勃赶紧跑出去,年轻的发明家用X国语言大喊着让地星人回来。但是没有回应。

"现在怎么办?"鲍勃问道。

"我们必须去追他们。他们一定是朝村子去了。"

于是,他和鲍勃沿着森林小路去追寻地星人。小路泥泞不堪,但他们脚下却十分迅速,不到十分钟便找到了土著志愿者和他们的同伴。他们正在丛林小径的中央挤作一团,专心地交谈着。

汤姆靠近的时候,地星人突然停止讨论,睁着黑亮的眼睛胆怯地盯着他。汤姆问道:"你们讨论什么呢,我的朋友?你们五个不遵守自己的承诺吗?地星人可不会失信于人!"

志愿者不安地看着彼此。由于天性使然,彬彬有礼又值得信赖的地星人似乎因为汤姆的话而局促不安。

"我们不想违背诺言。"一个地星人磕磕巴巴地说着X国语言,"但是我们很害怕,那场暴风雨是一个恶兆。"

汤姆的大脑飞速地运转,然后找到了一个合适的回答。"如你所见,这场暴风雨没有造成任何破坏。"汤姆说道,

"也许这只是你们天上的祖先在为你们的离开而哭泣。但你们以后还是会回来的。"

"对，就是这样。"一个地星人开心地说。

交谈了几分钟之后，志愿者终于同意随汤姆返回飞机。汤姆告诉两个向导，他的父亲正派飞机给他们送来一辆车，所以回去的时候就不需要他们带路了。他谢过向导后，向导就启程返回村子。

汤姆带着队伍到达货机的时候，亚弗·汉森和机组成员都松了一口气，咧嘴笑着出来迎接。亚弗是一个一流的业余厨师，他已经在飞机的厨房里准备好了晚餐。地星人有些狐疑地咬了一小口，然后开心地露出了大大的笑容，把所有食物一扫而光。

"亚弗，连他们都喜欢你做的自助餐啊！"斯利姆轻笑着说。

第二天一早，蓝天女王就疾驰而来飞至丛林上空。这是汤姆的第一个重大发明——一架体型庞大的由原子能驱动的拥有三层舱板的飞机。它利用高精度升降装置，降落到喷气式货机旁的空地上。

汤姆将这架庞大的飞机称为飞行实验室，因为它装备精良，可以在地球上的任何地方进行科学研究。

"嗨，机长！"第一个走下飞机的辛普森医生给了汤姆一个熊抱。他是企业集团的年轻医生。

第五章 令人沮丧的失败

"很高兴见到你,医生。"汤姆微笑着答道,"迪克、杰克,也很高兴见到你们。"

他后面提到的是斯威夫特企业集团两位杰出的年轻工程师,杰克·默里和迪克·福尔松。

"我们决定一起过来,看看你的新相机是怎么运转的。"杰克边和他握手边说道。

"太好了。爸爸有什么话带给我吗?"

"我带来了一封信。"医生说着,从口袋里拿出一封信交给了汤姆。

汤姆迫不及待地看着信。斯威夫特先生说F国政府已经批准发掘工作,但是必须由F国人类学与历史学研究所选派的一名专家监督。他们答应会派一位马可·布兰克斯先生来飞行实验室和汤姆见面。

"倒也无妨。"汤姆心想,"没准他还能给我一些有价值的帮助。"

辛普森医生急着要看看地星人。他告诉汤姆,他们的基础代谢率(身体消耗能量的速度)要比正常人高5%到8%。

汤姆向五个年轻的土著介绍了医生。医生对他们的兴趣和关注似乎让他们非常满意,所以欣然地陪着医生走进飞行实验室的病房。汤姆也跟上前去。

医生先检查了地星人细白的牙齿,发现他们没有龋齿,羡慕地大声惊叹。

"这对研究来说，可是一项非常好的课题，可能得研究一下他们的饮食。这儿还有一个有趣的特征。"他边检查他们的眼睛边说，"看到内眼角的这块皮肤褶皱了吗？这叫作内眦赘皮。这块长得比较大，就是他们眼角上斜的原因。"

医生继续给地星人做详细检查，而汤姆离开了病房，迅速跑回他的私人实验室。迪克·福尔松和杰克·默里同他一起回去，急切地想多了解一下电子回溯镜。

"我们在来的路上看过这个设备。"迪克说，"但是坦白讲，我们没弄明白是怎么运行的。"

这个设备分为三部分。相机本身由几个电子装置组成，通过电缆与两个很大的控制单元相连。每个控制单元都配有表盘和控制装置。

"看起来很复杂，但是基本原理非常简单。"汤姆说，"如你所知，岩石的自然元素分解成其他元素的时候，可能会发生放射性老化，而岩石的每个部分都在发生着这样的变化。但是接近表面的岩层会接触到更多外界的宇宙辐射。"

"你爸爸说你热衷于研究石刻。"杰克插了一句，"表面被雕刻过意味着岩石的不同岩层会同时接触辐射。"

"完全正确。"汤姆说，"比如说，如果你在岩石上刻了一个圆槽，那个点所渗透的宇宙辐射会比岩石其他未雕刻的部分渗透得深。所以，岩石内部的放射性会随着岩石表面雕刻的深度的增加而增加。"

"等一下！"迪克打了个响指，"我想我明白了。通过检测整个岩石的放射性，就可以算出石刻磨损前的样子！"

"没错。"汤姆说，"现在，我的相机有两个探测器。一个扫描整个岩石表面来探测放射性的差别；另一个集中于岩石表面一个未被磨损的点，来显示出岩石放射性老化的基本水平。"

杰克指着两个大的控制单元中的一个，说道："我想这台电脑会接收探测器发来的信息，然后计算岩石每隔一定的时间会磨损多少。"

汤姆点点头，说："这里的主时间表盘会显示从雕刻时算起的岩石年龄。电脑会使用这个读数与扫描仪所显示的放射性的微小变化进行对比。"

然后，迪克又问了装有阴极射线屏的控制单元的用途。

"那是再现单元。"汤姆解释道，"电脑将数据输入阴极射线管，它会显示出岩石表面最初样子的图像——就像在电视屏幕上一样。输出的数据同样会被传输到这个单元的下半部分，它会将图片复制到底片上，可永久保存。"

从两个工程师的表情就可以看出他们对汤姆的最新发明的强烈崇拜。

"真了不起！"迪克拍着汤姆的后背说道，"我们最快什么时候能试试啊？"

"如果我们能在附近找到古老的地星石刻，现在就可以。"

他们从汤姆的实验室出来的时候，喷气式货机已经准备好启程返回肖普顿。汤姆与五个地星人一一握手，用X国语言与他们告别，安抚他们。然后他们登上飞机，斯利姆、亚弗和其他机组人员都上前安慰。几分钟后，飞机平稳起飞。

随后，汤姆、医生和两个工程师分头寻找带有标记的石头。"最好不要离空地太远。"汤姆提醒道。

几分钟后，他大喊道："我好像找到啦！"其他人迅速跑到他身边。汤姆指着一块饱受风雨侵蚀的圆石，它几乎被高高的草丛掩埋，上面有模糊的雕刻痕迹。

"看看能不能抬起来。"汤姆说着，弯下腰想把石头撬松。

下一秒，他受惊似的倒吸一口气，向后缩了一下。一只全长大约2米的绿色鬣蜥蜴突然出现在灌木丛里！它猛蹬后腿，张着血盆大口扑向汤姆，好像要用爪子抓他的脸。

"天啊！"汤姆在最后一刻迅速跳回，大口地喘着气。

"那只可怜的蜥蜴都被你吓坏了，汤姆。"辛普森医生逗他，"所以它才攻击你。鬣蜥蜴可不像看起来那样凶猛。"

"那又怎样，我可不打算养它当宠物。"汤姆苦笑。

简单的搜寻之后，他们又找到了一块石刻。然后三个人把

第五章 令人沮丧的失败

石头搬回了飞行实验室。

汤姆迅速组装起相机,打开开关,开始调刻度。"这些标记看起来非常新——应该不会超过1000年。"他嬉笑着说,"但是用来做测试已经足够了。"

其他人兴致勃勃地盯着阴极射线屏。但是生成的图片却非常模糊!汤姆又调整了很多次也没有成功,他感到非常沮丧。

他的新发明失败了吗?

第六章 巨人

"这是怎么回事？"迪克·福尔松问道。

"还不清楚。"年轻的发明家拧开相机再生单元的后面板，"得先检查检查电路。"

医生和两位工程师在一旁看着汤姆熟练地在迷宫般的电子元件里探测。汤姆使用一个示波器和几个其他的检测装置迅速检查了再生器、电脑，最后是扫描设备的所有元件。

"结论是什么，故障检修员？"年轻的科学家检查完毕后，杰克·默里问道。

"所有的设备都没问题。"汤姆沮丧地说，"所以问题应该是出在我的设计上。我有预感是扫描仪，它显然没有把石头'看'得足够详细，所以再生单元才不能生成清晰的图片。"

"哎呀，你做得已经很出色了，机长。"迪克以专业的眼光检查完两个探测器，皱着眉说，"我想，把'相机之眼'送回工厂，再重新设计至少得需要一个星期。"

"等不了那么久——我们现在在尤卡坦就要用。"汤姆挠了挠自己的平头,"虽然没太大把握,但我决定在飞行实验室里制造一个新装置。"

"这是项艰巨的任务,汤姆!"杰克·默里吹了个口哨,"但是如果有人能做到的话,你就一定能做到。"

鲍勃和医生连连点头,然后鲍勃说:"我们最好出去,好让你安静地工作。"

三人刚刚把门关上,汤姆就开始埋头钻研。他抽出计算尺,快速计算起来。

"有一件事可以确定。"汤姆心想,"要想在提高图片清晰度的同时,仍然保持装置的轻便,就必须把整个扫描装置缩小。但是这会引起另一个问题——必须加快扫描仪的机械操作速度,这样它才能运转得更快。嗯……"

几个小时过去了,汤姆的工作台上凌乱地散落着写满方程式的稿纸、电路图以及零件分布草图。终于,他停下了手中的活,通过对讲机叫厨房送些食物过来。

几分钟后,一个机组成员用托盘端着一碗热汤和三明治来到实验室,问道:"还在忙吗,机长?"

汤姆点点头,津津有味地嚼起烤牛排三明治。机组人员还没关上实验室门,问道:他就又重新埋头于运算之中。

夜幕降临,汤姆已经开始装配新的迷你扫描仪,尽管此时他还不确定是否完全解决了问题。过了一段时间,他看了一眼手表。

第六章 巨人

"十二点十分。"年轻的发明家吹了个口哨,"这真是块难啃的骨头啊!迪克说会花费一星期的时间,还真不是开玩笑。"

汤姆靠在椅背上,伸了伸僵硬的四肢。"真希望巴德和乔在这啊!"他怀念起来。

巴德轻快的嘲弄和乔摸不着头脑的问题,不仅能使汤姆振奋精神,而且无论处理的是什么问题,都经常能让他有新的认识。

接着,他又回头继续装配一大堆蜘蛛状的微小晶体管、二极管和其他半导体。但是,没过多久,汤姆的头就耷拉下来,趴在工作台上睡着了,他实在是太累了。

而此时,回到地星村落的巴德·巴克利和乔正躺在吊床上辗转反侧。一群小昆虫在他们的蚊帐外嗡嗡吵个不停,让人分外恼火。

没过一会儿,就听到巴德轻声说:"嘿,乔。你睡着了吗?"

"当然没有。"厨子咕哝着说,"这些飞来飞去的昆虫快把我逼疯了,更别提丛林里没完没了的吵闹声!"

"你觉得降落伞机会安全吗?"

乔侧过身来,月光透过小屋的门照在他饱经风霜的脸上,忧愁的表情清晰可见,然后说道:"如果我们之前试着走出丛林的话就好了。哎呀!你不这么觉得?"

"我也不知道。"巴德不安地回答。

"汤姆告诉我们要回村庄过夜。"乔说道,"在这个满是野兽的丛林里,我们连把六发左轮手枪都没有,当然找不到能睡觉的地方!"

"我知道,话虽如此……"巴德犹豫了一下,"假如汤姆的预感是对的,确实有人打开了氢气罐的塞子蓄意破坏飞机,我们怎么知道他今晚不会回来再搞一次破坏?"

乔惊慌地大叫:"要不要穿我的马裤啊,你弄得我开始担心了。来吧,哥们儿,咱俩最好过去看一下——就是去确认一下也好!"

两人穿好衣服,踮着脚走出小屋,穿过沉睡中的村庄。当他们经过离土著小屋很远的村庄外缘时,巴德突然拽住了乔的胳膊,指着悬挂在两棵树中间的一个空荡荡的吊床。

"嘿,快看!"巴德嘘声说,"赫奇克拉夫特没在床上!"

乔停下脚步,往后推了推牛仔帽,挠挠光秃秃的头说:"你说摆架子先生会去哪呢?我从来就没相信过那家伙!"

"我也是。"巴德咕哝道,"噢,好吧,没必要在他身上浪费时间。快走吧!我们还得去确认降落伞机的安全呢。"

幸运的是,一轮满月高悬在丛林上空,不然这两个人就只能在黑暗中沿着丛林小道一步步摸索了。

当他们靠近飞艇的时候,乔停住脚步,嗓音沙哑。"巴——

第六章 巨人

巴——巴德！"他屏住呼吸,"你有没有看到那个东西?"

"当然!"

两个人简直不敢相信自己的眼睛。一个身材魁梧的人,看起来至少有2米高,正偷偷地靠近降落伞机的机头。忽然,那个身影以令人吃惊的速度跑开了,消失在枝叶繁盛的灌木丛中。

"那到底是什么东西?"乔咽了咽口水,"大猩猩?"

"这儿哪有大猩猩!"巴德镇定下来,向前冲去,"走!看看他去哪了!我想靠近点儿看!"

他们一起跑到飞机前,冲进那个巨大身影消失的灌木丛。

"我的天啊!"乔颤声说道。他们在这一人多高的树丛之中摸黑前进,周围是缠成一团团的匍匐植物。"这儿太黑了,我都分不清哪个是你,哪个是我!"

他带着紧张的俏皮话似乎并不夸张,因为他们已经走进了人迹罕至的小径,四周一片漆黑,几乎没有一丝月光。

"我想你是对的。"巴德说,"我们现在不太可能找到他,或者说,它。"

他们放弃搜寻,迅速检查了一下飞机。一切似乎安然无恙。

"我们现在该怎么办,朋友?"乔问道。

巴德无奈地耸耸肩,说:"我想我们也无能为力,除了回村子里。无论我们看到的是什么，我有预感它不会再回来冒险，至少今晚不会。"

"那如果它回来了，我现在可不想和它打架！"乔坦白地说。

"我和你一样。"巴德苦笑着说，"好吧，我想我们把他吓跑了。而且，乔，我相信我们找到氦气之谜的线索了——有人动了我们的氦气罐。"

两个人拖着脚步往回走的时候，一路上都在讨论那个巨大的身影。

到达村子的时候，他们惊讶地发现赫奇克拉夫特正躺在他的吊床里酣睡。

"噢，我会变成短尾野马的！"乔惊叫起来，"他到底去哪儿了？"

"我会查清楚的。"巴德面色阴冷地说道。

第二天早上，当他们聚在一起吃早餐的时候，巴德问他晚上神秘失踪是怎么回事。

"我去找我的丛林装备，拿点杀虫剂。"赫奇克拉夫特平静地答道，"我把装备放在村子里了。说到这儿。"他接着说，"你们两个起来四处闲逛什么？"

巴德告诉他说，他们去了飞机那里，还看到了身材魁梧的人。赫奇克拉夫特理解不了这个谜题。"听起来就好像你俩都做了一场噩梦。"他边说边发出刺耳的笑声。

第六章 巨人

乔气愤地哼了一声,但是什么也没说。吃完早饭,巴德向首领格查尔描述了一下侵入者的特征。酋长满眼恐惧地看着他们。

在沉默了很久之后,他答道:"可能是穴居人——可以徒手制服一只美洲虎的巨人!"

第七章　威猛的麦克斯

巴德和乔惊讶地看着彼此。丛林的巨人？一个力量大到可以徒手杀死美洲虎的穴居人！听起来太不可思议了！但是灌木丛里确实潜藏着某种巨大的生物——他们亲眼看到过！

"请你吃薄煎饼吧，这讲不通啊！"乔喃喃自语。

"您亲眼见过巨人吗？"巴德说着磕磕巴巴的X国语言问格查尔。他随汤姆驾驶着飞行实验室到南美探险时学过一点儿X国语言。而乔在德克萨斯的时候也学了点混杂的X国语言。"请多告诉我们一些，"巴德催着酋长，"谁是巨人？他从哪儿来的？"

格查尔看着两人，仿佛没有听懂。于是，巴德又重复了一遍问题。酋长耸耸肩，用地星语嘟哝了几句。

"我猜他只是不想明白。"乔小声说。

"我想你是对的。"巴德也悄声附和，"我最好换个话题。"

酋长的眼睛一眨不眨地盯着这两人，让他们多少有点不舒

第七章 威猛的麦克斯

服。但是，当巴德谈其他事的时候，比如谈起汤姆回来发掘更多遗迹的时候，他似乎还是像过去一样友好。

"你的朋友是个很聪明的年轻人。"格查尔赞许道，"他也许能找到我们祖先雕刻的另一块石头。"

酋长离开之后，巴德困惑地皱着眉头对乔说："这事儿你怎么看？"

乔耸耸肩，说："他肯定怕死那个巨人了，怕到连谈都不愿意谈。"

"我的意思是，你对他告诉我们的那个东西怎么看——穴居人的事，还有制服美洲虎？"

"这可难倒我了。"乔轻笑着答道，"我可不想巴结那个人！如果你问我这个特大号的穴居人在这干什么，我根本摸不着头脑。"

"我也是。"巴德坦白地说，"还有件事，如果他是破坏我们氦气罐的人，那他的目的是什么？"

乔摇摇头："我想没人知道一个丛林巨人会做什么。"

巴德沉思着点点头："也许他只是对飞机好奇而已。说到这个，我们最好回去守着。"

两个人离开村庄，又沿着丛林小径出发。到达降落伞机时，巴德又从里到外地迅速检查了一遍飞机。

"一切正常吗？"乔问道。

"好像是吧。我们呼叫汤姆向他报告一下吧。"预热设备后，巴德对着耳麦讲道，"巴克利呼叫斯威夫特喷气式飞机！收到请回答！"

令他惊讶的是，回应他的是飞行实验室。"嘿！你们几个家伙什么时候到的？"巴德问无线电人员。

"昨天，但是机长待在这摆弄他的新相机。等他做好了才能开始工作。"无线电人员解释道，"稍等，我帮你转接给他。"

片刻之后，汤姆的声音通过无线电传了过来："嗨，伙计！有什么事吗？"

"你肯定不会相信我说的话。"巴德答道，然后迅速向汤姆讲述了前一天晚上他和乔如何看见潜伏在飞机附近的巨人。

"一个巨人！"汤姆倒吸了一口气，然后戏谑地轻笑出声，"你确定你们两个不是产生幻觉？"

"我就知道你不会相信。"巴德反驳道，"但是这不是玩笑。格查尔知道他所有的事——或者说是它——随便你叫他什么。还有啊，他是可以徒手杀死美洲虎的某种穴居人！"

巴德接着说当他们继续询问有关那个巨大生物的情况时，酋长恐惧和闪烁其词的反应。

"整件事情听起来太疯狂了。"汤姆困惑地说，"但是你是对的——这也许可以解释我们的氦气罐是怎样被破坏的。"

年轻的发明家沉默了一会儿，继续说："在我抵达之前，

你们最好待在那儿。我立刻就出发。"

"好的。我说,天才,"在汤姆切断无线电之前,巴德插了一句,"迈克告诉我你的新相机不太顺利。你没办法把它用在我们在这儿找到的任何一处太空石刻上吗?"

"我们会用上的。"汤姆向他保证,"事实上,那恰好是我一直在做的。"汤姆工作到半夜,天一亮又继续研究。已经成功地重新设计了扫描仪。在与巴德通过无线电通话之前,他刚刚重新测试了相机。

"我用它试了试我们在附近找到的一块古地星石刻。"汤姆继续说,"回溯镜清晰地显示出了铭文原本的样子。结果证明它有四个白克顿周期的历史。"

"哇!将近1600年啊!"巴德吹了个口哨,"对我来说可真够古老的!你怎么知道那个日期是准确的?"

"因为它和回溯镜的时间表盘上的读数恰好一致。"汤姆向他解释道,"而且,古地星人在日期方面是不会出错的。通过天文学,他们可以准确无误地计算出一个太阳年的时长,而且他们是数字方面的奇才。"

汤姆又继续解释地星人是如何研究出两种数字记法的。其中一种是用线条和点构成的系统,比罗马数字更简单,也更易计算。另一种使用人头图片代表从一到十三以及零的数字,和我们现在使用的阿拉伯数字非常相似。

"更奇妙的是,"汤姆对巴德说,"古地星人是第一个研究出精确日历，并从固定日期计算时间的种族。他们可以非常接近地算出一年的时长。"

"真是一帮聪明的小家伙啊。"巴德佩服地说道，"但是很奇怪，那样一个伟大的文明为什么会衰落？"

"那你就得读一下这本书了，巴德。不说了，我得赶紧出发。我会开吉普过去，这样就可以把新氦气罐也带过去。"汤姆说道。

"太好了！待会儿见，机长。"巴德说完，关闭了无线电。

他和乔在等待汤姆出现时感觉度日如年，乔就给首领格查尔的小女儿雕木偶来消磨时间。

差不多两个小时后，远处传来了吉普引擎的轰鸣声。"汤姆来了！"巴德大喊道。

他决定抄近路穿越丛林，去迎接小道上赶过来的朋友。巴德跳进树丛，但是没跑多远，就突然停了下来，惊恐地尖叫一声。

"巨人！"巴德咽了一口唾沫。因为一个体型庞大、毛发茂盛的人半隐在乱蓬蓬的灌木丛里，挡住了他的去路。他只裹着一条缠腰布，穿着棕榈纤维编织的凉鞋，飘逸的长发垂到肩上。

看到巴德惊骇的表情，那个人仰起头，发出了浑厚低沉的笑声。巴德向后退，想要伺机逃跑，但巨人忽然伸出手，就像

第七章 威猛的麦克斯

拎孩子一样把这个年轻力壮的飞行员拎了起来。他把巴德握在巨大的手中,甩来甩去。

"现在你是丛林之王的奴隶!"那人吼道。

"闭嘴!放我下去!"巴德大喊道。他疯狂地扭动身体,试图挣脱,但是巨人牢牢地紧握着他!

"好,这可是你自找的!"巴德咬牙切齿地说道。然后他用双手紧紧缠着巨人飘逸的长发,猛地一拉。巨人痛呼出声,立刻松开了手,巴德顺势跳到了地上。

出乎巴德意料的是,巨人似乎没有因为他拽头发的行为而心生敌意,反而又大笑一声。"干得好,小伙子!"巨人用他肥厚的大手拍拍巴德的肩膀,"我钦佩像你一样勇敢的人!一点儿都没被吓到,是吗?"

就在此时,听到叫喊声和挣扎声而惊慌失措的乔匆匆赶来。他一看到巨人,就猛然停下。

"别担心,"巴德安慰道,"这个人很友好——我认为是。"

巨人还没有说话,汤姆的吉普就飞驰而来。几个地星人小跑跟着,但是一看到巨人,他们就像影子一样躲进了丛林里。

"吼,吼,吼!"巨人狂笑道,"看,他们都跑了!我吓到他们了!"

汤姆刹住吉普,爬出车来。"你到底是谁?"他问巨人。

"马克西米利安·麦克斯就是我!"他砰砰地捶着自己的

胸口，"前重量级摔跤手！"

"你为什么在这里？"汤姆问道。

"因为这片丛林是地球上最有益于健康的乐园。它赐予我新生。"

"你是说你从前没有这么高大？"巴德问道。

"当然，我原来也很高大。"前摔跤手说道，"但是后来我一直病魔缠身，医生一点办法也没有。于是我就到这儿来了。"

"听起来就像是'广告里的前后效果对比'。"巴德咯咯地笑着说。

"不要笑——我说的是实话。"巨人隆隆的声音传来，"我咨询了一个地星巫医，他给了我一些非常有效的东西——他自己酿制的草药。于是我又回到了巅峰时期！当然，野外生活也有帮助，像美味的本土食物。有了它们，我已经变成了耀眼的健康化身！"

为了证明自己的话，这个前摔跤手挺起胸膛，显示强壮的肱二头肌。汤姆费了很大劲才没有笑出来。他迅速瞥了一眼两个同伴。巴德向他眨了眨眼，乔抿着嘴低声说：

"跟发狂的公牛一样强壮！"

不幸的是，他的话传到了麦克斯的耳朵里。他愤怒地狂吼一声，向乔扑去！

第八章　骨瘦如柴的幽灵

汤姆和巴德慌忙把乔拉到一边，然后走到暴怒的巨人面前。

"等等！"汤姆喊道，"这不是对待同胞的方式。"

"好吧，这也不是谈论同胞的方式。"麦克斯抱怨道，"我听见他怎么说我了。"

这个巨人的语气忽然就像一个生气的孩子。在他宽阔的大脸上满是受伤的表情。

"我确定乔没有要伤害你的意思。"汤姆安慰他，厨子也用力地点点头，"而且，我们很想听你谈谈你在这儿吃的健康食品。"

麦克斯听到后立刻开心起来，开始讲他赖以生存的水果、坚果和树根。听着他兴致勃勃地讲述，他们意识到这个前摔跤手不仅仅为健康而疯狂，还是最偏激的那种食疗信徒。

一直对麦克斯敬而远之的乔，现在也产生了兴趣。这个厨师一直渴望尝试新的调制品。他之前做过很多与众不同的菜肴，比如犰狳汤和鲸鱼汉堡。他想，麦克斯提到的一些东西或许很值得尝试。

乔开始问巨人问题，这似乎给了巨人极大的满足感。很快，麦克斯就忘记了自己还在生气，变得非常友好。"你们这帮家伙以后应该来我的洞穴看看。"他开心地说道。

"你真的住在洞穴里吗？"汤姆问道。

"当然！我把它修理得又漂亮又舒适。"麦克斯炫耀道，"我还有一只宠物鹦鹉和许多古代遗物。"

当他提到古代遗物的时候，汤姆来了精神，双眼放光。

如果那些是古地星人的作品，也许有些会像格查尔部落的圣石一样刻有太空符号！

此时，巴德决定趁巨人心情不错的时候，冒险问一个直白的问题。"你昨天晚上在我们飞机旁潜伏着干什么？"他壮着胆子问道。

麦克斯看上去很惊讶。"嗳，你是怎么知道的？"他大叫道，"我打赌肯定是有人告密！是不是那个瘦得皮包骨的小家伙，嗯？好吧，我那会儿凑巧正在追他！"

汤姆和巴德困惑地对视一眼。"什么瘦得皮包骨的小家伙？"巴德问道，"我们队里的吗？还是土著？"

"我哪儿知道。"前摔跤手耸耸肩，"天太黑了，我只看见个人影。我只是想看看你们的飞机，仅此而已。我想他也是吧。"

第八章 骨瘦如柴的幽灵

"发生什么事了？"汤姆问道。

"什么也没发生。他看见我的时候，肯定吓得魂儿都没了！"麦克斯回忆起那个情景，狂笑起来，"总之，他匆匆忙忙地从灌木丛逃走了。"

"朝着地星村庄？"汤姆继续问。

"不是。经你这么一提，我想起来他是朝其他的方向跑的——朝那边。"巨人指着北边说道。

汤姆和巴德反复斟酌了一下这条信息。乔还在起劲地看着这个赤裸着胸膛的强壮男人。

"你不害怕美洲虎吗？"厨师问他。

"美洲虎？"麦克斯嗤笑一声，"当然不怕！我徒手就能杀掉它们！"然后做了一个制服美洲虎的动作。

乔惊讶地咯咯笑了起来，说："我可不想在这种野生动物四处乱跑的地方待一辈子。我的意思是，太不安全了！"

这似乎激起了摔跤选手对汤姆团队的好奇心，他问道："那个，你们这些家伙在丛林里干什么？"

"我们对研究古地星石刻很感兴趣。"汤姆慎重地回答，"如果有机会的话，我一定去看看你的古代遗物。以后可能会上门叨扰，参观参观你的收藏哦。"

"好啊，当然可以了！"巨人说道，"随时都可以！我家就在那边。"他竖着大拇指指向东边，然后依次用力地拍拍他们的肩膀。巴德和汤姆向后趔趄了几步,而乔差点儿跪到地上。

"好吧,再见,伙计们!"巨人挥手告别,阔步走进灌木丛。

三人用前所未有的崇拜目光看着他伟岸的身形和发达的肌肉,直到他消失在视野之中。

"好身材,我觉得是饮食的作用!"汤姆说道。

巴德露齿一笑,把手圈起来,就像在通过扬声器宣布一样:"小心了,美洲虎!大力士麦克斯来了!这个男人很危险!"

汤姆大笑道:"你最好祈祷他没听到你的话,伙计!他好像不喜欢别人开他的玩笑!"

"你认为那家伙真的像他的声音一样蠢吗?"巴德问道。

"问得好。"汤姆又变得严肃起来,"我也想知道他所说的看到那个'瘦得皮包骨的人'的话是不是真的。他们之中肯定有人破坏了我们的氦气罐。这倒是提醒我了,我带来新的氦气罐了,现在去把它们装到飞艇上吧。"

"收到!"巴德急切地附和道。

汤姆开着吉普尽可能地靠近降落伞机。然后,他们在斜坡和吊索的辅助下,把沉重的氦气罐吊到飞机上,把旧的扔掉了。

"目前为止,还不错。"汤姆把刚才用来连接氦气输送

管道的扳手放在一边，擦了擦额头上的汗，"试试发动引擎吧。"

巴德点点头说："我正想提这事呢。"

年轻的发明家给引擎预热，检查了设备的各项读数，然后加大油门，确保一切都正常运转。

为了阻止其他人再破坏氦气罐，汤姆锁住了气罐舱。然后，三人坐上吉普，返回地星村庄。

在丛林小径上颠簸行进的时候，巴德说："我们什么时候能看一眼你的相机，汤姆？我特别想看看它是怎么运转的。"

"大约一个小时以后你就能看到。"汤姆答道，"迪克·福尔松和杰克·默里正开着卡车把它运过来。"

"卡车？"巴德很惊讶。

汤姆点点头说："我忘了我们需要有车来运装备，但是幸好爸爸没忘！他运来了一辆动力强劲的卡车。在这个丛林，能派上用场。"

"你这个奇妙的相机有多大？"乔很好奇。

"非常大。"汤姆说，"跟我最新的微型扫描仪一样大。但是我相信，在测试完我的第一个回溯镜之后，我可以设计出一个更精简的相机。"

汤姆开着吉普驶进村子的时候，一大群笑容满面、叽叽喳喳的地星孩子出来迎接他们。

乔马上开始张罗他的烹饪活计。"我想我最好开始考虑做晚餐。"他说道。

"这么快?"汤姆问道。

乔黝黑粗糙的脸上绽放出神秘的微笑,说:"噢,现在看看我是怎么招待客人的,我想用一顿真正的盛宴来招待他们可能是非常友好的方式,你觉得呢?"

"可能吧。"汤姆咧着嘴赞同道,"只是你不要做太奇怪的食物。"

"不要煮丛林蚂蚁,好吗?"巴德满脸惊骇,匆忙插了一句。

"不用担心,哥们儿,"厨师答道,"我已经想好了菜单,我可是有史以来最好的流动炊事车厨师!"

大腹便便的乔嘿嘿一笑,穿着长筒靴拖沓着脚步走了。他确实受到了大力士麦克斯关于丛林健康食物的启发,想要试着做一下土著菜肴。

于是,只剩下汤姆和巴德俩人在村子里闲逛。"你打算从哪开始用你的相机?"几分钟后巴德问道。

"我们会拍下附近所有的石刻,找出铭文原本的样子。"汤姆下定决心,"然后我会探查地底,看看能不能找到埋藏的遗迹。"

然后,两个男孩子穿过一个露天"厨房",村子里的女人们聚在这里帮忙准备筵席。

第八章 骨瘦如柴的幽灵

她们坐在地上,把玉米粉放在小小的三条腿的木桌子上轻轻拍成薄饼。

"哇。"一个女人指着蛋糕说道。

汤姆回她一个微笑。"可能是玉米粉圆饼的地星语说法。"他低声说。

"我要把它记下来。"巴德打趣道。

乔在附近蹲着,搅拌一锅深褐色的酱汁。酱汁在土著"炉子"的火焰上咕嘟咕嘟冒着泡。这个"炉子"是由一个架在石头堆上的金属浅盘构成的。

"丛林电热板!"巴德说道。

乔起劲儿地搅拌着汤汁,哼唱着牛仔曲,假装没有看见他们两个。

"走吧。让大师好好工作吧。"汤姆轻笑着说。

他和巴德继续在村庄周围游荡。随处都能看到雕刻过的石板或者裂痕斑驳的石柱。它们都深埋在丛林的土地里,上面蔓生着乱蓬蓬的绿色植物。

汤姆仔细检查每块石头,做了各种地面测试,试图找到可能埋藏着遗迹的土丘。

"你认为这些石刻有多少年的历史?"巴德一边扯着一块石板上的植物一边问道。

汤姆耸耸肩,说:"不知道。大部分已知的石刻可以追溯到公元300年之后。但是地星人是在那之前的两三千年就居住在这的。"

"说起时间，"汤姆焦虑地看了眼手表，"到底是什么耽误了卡车？试试看能不能通过无线电联系上他们。"

两个男孩子迅速跑回吉普。汤姆拉出无线电天线，打开发射机，对着耳麦说道："小汤姆呼叫迪克·福尔松和杰克·默里！"

他又重复呼叫，但是没有回应。

"可能他们没有打开无线电。"巴德说道。

"他们应该打开了。"汤姆困惑地皱紧眉头，"巴德，我们最好去看看他们是不是有麻烦了。我可不想他们或者我的电子回溯镜有任何闪失。"

汤姆告知了乔他们要去的地点，然后告诉格查尔酋长他们的计划。

年轻的发明家汤姆开始考虑各种原因不明的意外，说："我们的朋友可能需要帮助，所以我和巴德会去看看发生了什么。我们离开之后，能不能请您派两个人守卫我们的飞机？"

酋长点了点头，但是当汤姆提到卡车里装运着相机的时候，他的表情变得严肃起来。

"可能是你的朋友试图给他们遇到的地星人拍照。"格查尔缓慢地说道。"有些地星人不喜欢这样。他们害怕灵魂会被带走。如果你的朋友那么做了，"酋长耸耸肩，"他们肯定会

身陷险境。"

巴德满脸惊恐地看着他的朋友,而汤姆的眼睛惊慌地大睁着。

"走,巴德!"他大喊道,"咱们得快点!"

第九章　地星盛宴

汤姆和巴德冲向吉普，跳上车。汤姆坐进驾驶位，按下启动按钮，发动汽车。但是引擎只是突突了几声就熄了火。

汤姆烦躁地抱怨一声，重新按下启动按钮，脚一直踩在油门踏板上。而这一次，汽车只发出了爆裂声。

"噢，很好！"巴德爆发了，"怎么回事？"

"我哪知道。"汤姆说着，又一遍遍地发动引擎。"电池正常。希望不是气阻故障！"他爬出吉普，又说道，"我打开引擎盖看一看，你坐到驾驶位上去。"

年轻的发明家检查了点火装置，发现火花塞可以正常打火。他又暂时断开供油管线，确定燃油泵是否在向化油器输送汽油。

"什么原因？"巴德问道。

"可能是化油器脏了。"汤姆推测道，"稍等一下。"他拧松夹钳，提起空气过滤器，然后用手扣住通风口，加强吸力，"现在试试。"

第九章 地星盛宴

这一回，巴德按下启动按钮之后，引擎轰鸣起来。但是当汤姆把空气过滤器放回去之后，引擎又熄了火。

"我可能要疯了！"汤姆茫然地大叫道。

巴德也十分困惑，他从方向盘后面爬出来，看着汤姆拆开空气过滤器。片刻之后，两人忽然大笑起来。一只长着羊皮纸般翅膀的巨大丛林昆虫被吸进了过滤器，正堵在空气管的中央！

"难怪吉普发动不了。"巴德咯咯地笑，"它的肚子里有蝴蝶！"

"它过去是只蝴蝶，现在就是一团糟。"汤姆边笑边把浸透了汽油的昆虫扔到一边。

他匆忙地重新装好过滤器，放回引擎，关好引擎盖。汤姆用粗糙的植物使劲地擦干净双手，坐回驾驶位，巴德也爬上车坐到旁边。几秒钟之后，他们就迅速驶入了丛林。

汤姆开着车全速前进，车轮不受控制地在小路上颠簸，两人又开始紧张焦虑起来。十分钟后，巴德发现失踪的卡车时，惊慌地尖叫一声。

"他们撞毁了！"

汽车陷在一块半隐蔽的沼泽地里。卡车所有的右车轮都深陷在湿滑的淤泥中，呈现出不可思议的角度。迪克·福尔松独自一人站在事故现场，沮丧地挥手示意。

"杰克去哪了？"汤姆刹住吉普，跳出车来，焦急地问道。

"他回蓝天女王找履带车去了。"迪克答道,"颠簸让无线电失效了,所以我们没办法发信号求救。"

巴德看着被毁掉的卡车,沮丧地说:"你很幸运,卡车没有在路上翻车。"

"已经够糟了。"迪克可怜兮兮地说,"你的回溯镜恐怕已经毁了,汤姆。"相机的一部分凌乱地散落在地上。显然,迪克在吉普抵达之前一直在试图抢救。

"没关系。"汤姆努力掩藏极度的失望,摆出无畏的表情,"重要的是你和杰克都没事。"

"我开吉普去追他,怎么样?"巴德提议道,"也许我能在半路上送他一程。"

巴德驾车离开之后,剩下的两人开始费力地重新组装散落的设备。迪克仍然对汤姆的新型扫描仪不太熟悉,能提供的帮助有限。更糟糕的是,许多精巧的电子元件都脱落甚至砸毁了。汤姆耐心地抢救着,到最后,甚至把发明的一部分整齐地安装好了。

"杰克的心情和我一样糟糕,机长。"迪克闷闷不乐地说,"我们知道你有多么盼着能使用回溯镜。"

"没关系。"汤姆挤出一个微笑,"可能没有我们想得那么糟。"

"杰克是想带回来一部分替换零件和测试装置。"迪克继

第九章 地星盛宴

续说，"我们觉得可能还有一线希望可以修好相机。"

"很好。我确定会修好的。"

半小时后，一辆很小但马力强劲的履带车轰隆隆地出现在眼前，履带车上安装着一个吊机。巴德和杰克·默里透过驾驶室的窗口向他们挥手。然后履带车慢慢减速，停了下来。两名乘客爬下车来。

"有一件事是肯定的。"巴德轻笑着宣布，"现在在这儿和飞行实验室之间有一条畅通无阻的路。兄弟们，没有什么能拦住这个宝贝！"他满心欢喜地拍着履带车。

"还有内置空调！"杰克补充道，"这些履带车是你和你父亲为了到月亮设计的，是吧？但是它们在地球上也相当适用啊——特别是在这样的地形上。"

"你的相机怎么样？"巴德看着重组的设备问道。

"如果运气好的话，可以正常使用。"汤姆保证道，"不知道电脑或者再现单元是不是严重受损。最需要修理的是扫描装置。"

"希望我们把你需要的东西都带来了。"杰克说道。

"我们等会儿再担心这事儿吧。"汤姆告诉他，"现在，一起把卡车和回溯镜拖回路上吧。"

履带车的起重机很快就把卡车从淤泥里吊了起来。在汤姆的监督下，汗流浃背的工人们把装备都装上车，把所有东西都放稳。

"现在去哪？"巴德问，"蓝天女王？"

汤姆匆匆地检查了杰克·默里带来的备用零件和其他设备。"不，我们继续去村子里吧。"他决定道，"我相信我可以在那儿彻底检修相机。"

"履带车怎么办？"杰克问道。

汤姆咧嘴一笑，说："我们把它一起带过去，让土著人看一场车展。"

于是，队伍动身穿越雨林。汤姆开着履带车打头，杰克和迪克驾驶卡车紧随其后，而巴德开着吉普殿后。所有人都戴着耳机，接通无线电，以保持通话畅通。

队伍在丛林中行进的时候，一阵持续的喧闹声传入旅行家们的耳中。猴子蹲在伸出的树枝上愤怒地吱吱叫着，艳丽的鹦鹉和金刚鹦鹉也尖叫着以示抗议。每隔几分钟，就会有一群鸟因为汽车咔嗒咔嗒的轰鸣声惊吓得飞向天空。

"哎呀，敌机相隔千里就可以发现我们！"迪克咯咯地笑着说。

终于，又累又饿的队伍抵达了地星村落。他们到来的消息四处传开，首领格查尔和他所有的族人都聚在一起敬畏地凝视着旅行者们爬出他们钢制的"大篷车"。

"最初，你们乘着奇怪的飞艇从天而降。"格查尔对汤姆说，"现在你们又开着像蜥蜴或者蛇一样在地上爬行的钢铁怪物进来。你们确实拥有伟大的魔法！"

第九章 地星盛宴

汤姆微笑着摇了摇头,说:"不是魔法。就像你们伟大的地星祖先一样,我研究科学——就是自然法则。我的父亲教导我那些法则必须只用来造福人类。"

"那么,他肯定也是一个睿智的人。"格查尔点头称赞道。

"既然事情结束了——过来吃饭吧!"乔大叫道。

厨子走出人群,敲响一面土著锣,然后又走向刚刚无精打采地走进村子的威尔逊·赫奇克拉夫特,说:"你也受邀了,朋友!"

妇女们在空地的中央用大大的蕨类植物铺成一张"桌子"。每个位置上都放着一个用棕榈叶编制的粗糙垫子。"盘子"是由挖空的橡胶树干制成的。男人和孩子相互争抢着位置,女人们把美味的食物端上桌。

头盘是玛咪———道红肉甜品。下一道菜是热气腾腾的白煨鸡,装在浅盘里,上面浇上一层厚厚的深棕色酱汁。

"嗯!"巴德闭上眼睛,深吸一口诱人的香味,然后指着酱汁,"但是,这是什么东西?"

"这是莫雷。"乔自豪地大声说道,"很特别的东西——是用巧克力和香料制成的。那些女人刚刚教了我如何快速制作。你尝尝看!"

几个A国人对于将巧克力酱和鸡肉组合起来的想法半信半

疑，但是试吃了几口之后，他们就大快朵颐起来。

"虽然听起来很疯狂。"杰克·默里嘴里塞满食物，评价道，"但是味道好极了！"

鸡肉旁还有几种配菜，有玉米粉圆饼、烤当地南瓜，还有点儿生芜菁和豆薯。筵席尾声的甜点，是牛油果和橙子。

"乔，老朋友，我们为你骄傲！"巴德说着，坐在地上松了松腰带。

"这是我吃过的最美味的一餐。"汤姆附和道。乔咧着嘴嘿嘿笑。

收拾干净餐桌上的残羹剩饭之后，首领格查尔拍拍手示意开始奏乐。十几个地星男人拿出鼓、木笛和其他乐器。然后一群舞者走向前来，把瓶子、瓦罐和水壶顶在他们的头顶上。

"那些陶器究竟是干什么的？"乔很好奇。其他人也很困惑。

答案很快就揭晓了。乐师吹奏起欢快的曲调，舞者开始旋转、踏步，却可以保持头顶上的东西纹丝不动。显然，这是一种可以保持物体平衡的技艺。

"嘿，他们太棒了！"迪克大喊着，随着音乐的节奏拍手。

此刻，夜幕早已降临，为庆祝盛宴而燃起的炽烈篝火把

第九章 地星盛宴

这种场面点缀得更加多彩。乔咧着嘴看着他们,赞叹不已。最后有些舞者邀请他也加入进来。

"去吧,乔!给他们展示一下你的舞姿!"巴德怂恿道,"不要忘记你的帽子!"然后就抓起一个很大的黏土水壶,放到了厨子的头上。

满怀热情的乔需要有人激励他一下。他摇摆着走进舞群,晃晃荡荡地平衡着水壶。很快,厨师就跳起了欢快活泼的吉格舞。

"你太帅了!"巴德大吼道,和汤姆团队的其他人一起笑得全身发抖。

乔挺着大肚子,呼哧呼哧地向他的朋友靠近,显摆自己的技术。但是水壶晃动得越来越厉害。当乔伸出手想去扶稳的时候,水壶从他的头顶呈弧形掉了下来。

"小心!"汤姆大喊道,然后奋力一抓,但是没能抓住沉重的水壶。水壶不偏不倚地砸在了赫奇克拉夫特的脑门上!

受到重击的赫奇克拉夫特呻吟一声,蹲了下去,然后跌倒在地上,人事不省!

第十章　魔法球

音乐突然停止，人们看到赫奇克拉夫特躺在那一动不动的时候都倒抽了一口气。

乔搓着手："我这愚蠢的老骨头，真糟糕！"

"不是你的错——只是一场意外。"汤姆试着让他冷静下来，"我确定赫奇克拉夫特伤得不是很重。"地星人都围过来表示慰问，汤姆对所有人说："请大家让开一下，让空气流通！"

巴德帮着汤姆把失去意识的受害者抬到一个更舒适的地方。乔被打发去拿些布浸到刚从村子水井里打上来的冷水里。

赫奇克拉夫特的鬓角浮现出难看的青肿。冷敷了几轮之后，他终于苏醒了。他呻吟着坐起身来，瞥见乔的时候沉下了脸，大叫道："真是卑鄙之至！"

"卑鄙！"性情温和的老人惊恐万分，"你认为我是故意用水壶砸你头的，是不是？"

"不要装无辜。"赫奇克拉夫特反驳道，"如果你不喜欢

第十章 魔法球

我，大可以直说！不必千方百计地想要砸碎我的脑壳！"

"现在设计一下也不迟。"巴德怒不可遏地咕哝道。他和汤姆都对赫奇克拉夫特的态度感到愤愤不平。

虽然如此，汤姆还是用胳膊肘轻轻推了巴德，以免急性子的副驾驶把事情搞得更糟。"你从乔的表情就能看出来他对于这场意外有多难过。"汤姆平心静气地对赫奇克拉夫特说，"我们很抱歉发生了这样的事，但是你没有理由不公平地谴责别人。"

此时，地星医生阿门正在给这个受伤的人尽力治疗。刚才看到赫奇克拉夫特躺在地上人事不知的时候，他急忙戴上鹦鹉羽毛的头饰和其他徽章。现在他正缓慢地来回滑动舞步，拿着一块绿色的小石头在考古学家的头顶荡来荡去，同时还唱着节奏单调的圣歌。

赫奇克拉夫特烦躁地怒视着他，"该死的地星人！"他愤怒地说道，"去你的——走开！别管我！"他凶狠地挥舞着手臂，把他赶走。

村民们震惊地低语起来。汤姆他们因为赫奇克拉夫特的坏脾气而颇感尴尬，都冷淡地从他旁边走开。

汤姆对阿门的绿色石头非常感兴趣，所以他不想再在赫奇克拉夫特身上多费口舌。那个外形古怪的绿色石头吸引了年轻科学家的目光。他赶快跟上阿门问他可不可以看看那块石头。

阿门犹豫了一下，说道："这是法器，用来制造强大的魔法。"但是最后，他还是允许汤姆仔细地观察了那颗球。这是一个完美的球体，直径大约60厘米，由圆滑的碧玉制成。"好出色的工艺！"汤姆佩服地赞叹道。小球的表面雕刻着精美的铭文。

汤姆从口袋里取出放大镜，试着译解其中一些象形文字。但是它们磨损得太厉害，模糊得难以看清。

"肯定有几百年的历史！"汤姆激动地想。他高声询问阿门，可不可以检验这个玉球来断定它的年代。

"虽然我无法告诉你它是什么时候制成的。"阿门答道，"但是这个法器是我爷爷传下来的，在他之前还有几代，没有人知道它的年代。"

"我有一个特殊的机器，可以帮助我们查明它的年代。"汤姆指着附近停着的卡车里的相机，"能让我试试吗？"

受到汤姆解释的触动，阿门同意了。但是，他忽然举起手。"等等！"他嗅了嗅空气，说道，"我闻到雨的味道，一场猛烈的暴风雨就要来了，我必须通知村民！"

阿门的预报听起来令人难以置信。现在繁星满天，几乎万里无云。但是那个人或许有第六感，汤姆心想。为了不冒险让回溯镜被恶劣天气损坏，汤姆找人帮忙卸下了设备。

刚把沉重的装备搬进格查尔的小屋，大雨就倾盆而下。汤姆和其他人聊了一会儿，就爬上了吊床，对他们舒适的住处感到高兴。大雨敲打在小屋的棕榈叶房顶上，让他们很快进入了

第十章 魔法球

梦乡。

第二天一早吃过饭，汤姆开始检修回溯镜。令他欣喜的是，他发现电脑和再现单元都没有遭受严重损坏。迪克·福尔松和杰克·默里主动提出分担那些需要小范围修理的装置，所以汤姆欣然地把那部分工作移交给了两位工程师。

"装置剩下的部分怎么办？"巴德问道。

"恐怕得费些时间修理。"汤姆说完，拧松扫描相机的外壳，露出了里面破碎杂乱的电子元件，"我讨厌处理这个！虽然不难，但是——需要很多精细乏味的钳工作业。"

"我也想帮你，但是那些线路把我搞懵了。"巴德坦白地说，"也许，我还是去检查一下降落伞机会比较好。"

"好主意。"汤姆说道，"但是，小心点儿，伙计！不要让麦克斯提过的那个皮包骨的刺探者把你当成攻击目标。"

巴德答应会小心观察，然后开着吉普离开了。与此同时，乔正忙着自己的项目。这个老人组织了一群格查尔部落的男人，为汤姆的团队修建一间特殊的小屋，那样酋长就可以回到自己的住处了。

"你想得真周到！"乔请求酋长批准的时候，酋长说道。

那些族人先分散到森林里，拿斧子和砍刀砍伐、修剪必要的木材。格查尔用心挑选每一块木料。

他在村子一头规划出一块地之后，一连串的木桩就被敲进了地面。这些都是树龄较小的赤铁科常青树木材，用来建造小屋的墙壁。然后将这些木桩用棕榈纤维紧紧绑在一起,在上面涂一层厚厚的泥浆。

"你们难道从来不用锤子和钉子吗?"乔迷惑地问道。

格查尔罕见地笑了笑。"我见过那些工具。"他答道,"但是我们地星人不需要它们。"

与此同时,其他工人正在铺红木和香椿的地板条,然后竖起一个框架来支撑屋顶的房梁和草顶。

乔说道:"这么快就把房子建起来了,这些小精灵们实在是太熟练了。"

巴德开车赶回的时候,汤姆正忙着把各种晶体管和其他元件安装到主探测眼上。

"进展如何?"他问道。

"快完成了。"汤姆答道,"迪克和杰克已经把其他单元修好了。我只需要连接调整一下就可以。飞艇怎么样了?"

"看起来一切正常。"巴德报告说,"也没有发现那个骨瘦如柴的人的踪迹。"

"很好!现在如果我的相机修好了,我们就可以正常工作啦!"汤姆说道。

汤姆刚刚检查完整个装置,乔就拖着笨重的脚步走进了小屋,后面跟着格查尔。两人都神神秘秘的,喜不自禁。

"有东西给你看,头儿!"这个老牧场厨师说道,"跟我去看看!"

第十章 魔法球

汤姆、巴德和两个工程师跟在他后面,很好奇发生了什么事。当乔把他们带到一个比村子里其他房子都大的崭新小屋前面时,他们全都目瞪口呆。

"你是说这是我们的房子?"汤姆大气都不敢出。

"没错,我的朋友。"酋长答道,"这是我的族人送给朋友的礼物。"

汤姆深受感动,他说了几句话,表达了谢意,还说稍后会把回溯镜搬到这儿来。然后汤姆宣布他会立刻用他特殊的相机给阿门的玉球拍张照,查明上面模糊的铭文原本的样子。

这回轮到乔大吃一惊了。他让汤姆给他解释一下。

"你是说,你那个奇妙的装置可以拍出来那种看起来年代久远的东西?"乔问道。

"这就是为什么我给这个发明起名为回溯镜的原因。"汤姆答道,"这个名字是由希腊语和拉丁语组成的,意思是'回溯'。"

乔咧开嘴笑着问:"它可不可以拍出我年轻的时候,又帅又满头秀发的照片?"

所有人都大笑起来。

"如果它能在这些地星石头上达到理想的效果,我就心满意足了。"汤姆答道。

大家对此非常好奇,所以汤姆同意把回溯镜从酋长的小屋搬出来,让大家都能看到。然后,他接通电源,把几块斯威夫特太阳能电池装到一个很小的发电单元里。

设备预热后,汤姆调整了各种表盘,把扫描眼对准玉球。片刻之后,一张古地星象形文字的放大图片开始出现在再现单元的屏幕上。

大家高兴地赞叹着,向前挤着想看得更清楚。随后,汤姆轻推控制杆,把一张显示着相同设计样式的胶片从机器里拉了出来。他们的眼神愈加敬畏。

虽然图片还不是很清晰,但是汤姆已经可以辨认出一组地星数字,显示的是玉球制成的日期。他把这些数字念给格查尔。

"在我们的日历上是什么时候?"迪克问道。

"公元514年,10月18日。"汤姆翻译道,然后转向格查尔,"大约三个白克顿周期之前。"

酋长瞪大了眼睛,说:"真的,我的祖先已经在这里生活了很久!"

"我们不能确定这块石头是在你们的村子里雕刻的,首领。"汤姆指明,"你们的圣石甚至都有可能不是由你们的祖先带到这里来的。"

汤姆尽可能简单地解释说,很有必要发掘当地的石刻。然后他会对这些石刻进行译解、检测时间,最后把它们和玉球及圣石进行比较,来查明是不是由同一群人雕刻的。

汤姆刚刚说完,赫奇克拉夫特就走进了小屋。他拿着一块

第十章 魔法球

沾满泥浆的岩石，伸到汤姆面前，说道："这块石头看起来似乎有标记，看看你的时间机器能辨认出什么。"

汤姆满心疑虑，因为这块岩石从来没有被雕刻过。但是为了不惹怒赫奇克拉夫特，他还是把岩石放在相机前，接通了电源。机器嗡嗡地开始运转，但是屏幕上没有形成图片。

但是，那块岩石却忽然爆炸，弹片一样的碎石飞溅而出，砸向围观的人群。

第十一章 虎口余生

人群发出阵阵尖叫和呻吟,许多人都被飞溅的碎石砸中。巴德的脸被划出一道口子,鲜血直流,迪克·福尔松的额头也被擦伤了。

"尝尝我的飞行大煎饼吧,那石头里有什么啊?"乔困惑地喘着气,"一堆火药吗?"

"我一点儿都不会感到惊讶!"巴德用手帕轻擦着脸颊厉声说道,"也许我们的好朋友可以告诉我们!"他愤怒地攥紧拳头冲着赫奇克拉夫特走去。

"放松点,伙计!"汤姆阻止了他,"我们麻烦已经够多的了。"

"那是多亏了赫奇克拉夫特!"巴德怒骂道,"依我说,他早知道会发生这样的事!"

赫奇克拉夫特面色苍白,有点被自己引起的大破坏吓到了。但是他还没来得及回应巴德的谴责,汤姆就开始调解。

"我们等会儿再谈这件事。"年轻的发明家坚定地说,

第十一章 虎口余生

"现在,帮助这些受伤的人才是最重要的。"

杰克·默里和乔都被派去车里拿急救包。与此同时,汤姆和首领格查尔尽自己最大努力安抚激动的地星人。

幸运的是,人们只是受了轻微的划伤。汤姆给他们喷上抗菌剂,裹上绷带,这些受害者都开始冷静下来。

等控制住局面的时候,汤姆转向赫奇克拉夫特,问道:"那块石头从哪来的?"

"那确实不是石刻。"赫奇克拉夫特怯懦地承认,"我是从你们的卡车里找到的,想跟你们开个玩笑。"

"玩笑开得不错啊!"巴德吼道,"我想如果有人失去了一只眼睛,你会笑破肚皮吧!"

"我不知道那东西会爆炸!"赫奇克拉夫特悻悻然地说,"我只是想报复一下昨天晚上乔对我的险恶袭击。我以为可以作弄你们,让你们相信那机器不起作用。只是个没有恶意的恶作剧,仅此而已。"

听着他漏洞百出的借口,巴德厌恶地哼了一声。

汤姆捡起石头遗留下的碎块,连同一些爆炸的碎石检查了一下,然后问赫奇克拉夫特:"你说这是在我们的卡车里找到的?"

赫奇克拉夫特点点头,说:"看起来很像普通的石头。我猜这是你用来支撑设备的。"

"这是一种云母,水合硅酸盐。"汤姆说道,"肯定是之前在肖普顿搬运东西的时候掉进卡车的。我想这可以解释它为什么会爆炸。"

"为什么？"巴德仍然很怀疑。

"这个东西是因为受到辐射而爆炸。"汤姆解释说，"它肯定是从相机里吸收了太多的辐射，所以才会爆炸。砸到我们的碎石现在已经变成了蛭石。"

巴德和其他人都冷静了下来，所以汤姆又重新开始试验回溯镜。另外几块石头都被"拍了出来"，但是所有的图片都不是很清晰。

"比我的旧电视还糟糕，头儿。"乔眯着眼说，"你不能把它调得清晰一点吗？"

"恐怕不行，乔。"汤姆苦笑道，"相机的识别力不是很好。"

乔挠挠光秃秃的头，说："我想我只能相信你的话。"

"我的意思是，相机受到了外部辐射的干扰。"汤姆解释说。

"比如说？"巴德插嘴道。

"比如说高空放射性尘埃和来自外太空的宇宙辐射。我的回溯探测器本应该只从岩石本身获得放射性。但是问题是，现在它们也吸收这种外部辐射。"

"我懂了——相机分不清哪个是哪个。"巴德笑着继续说，"这个装置需要的是远近两用眼镜！"

第十一章　虎口余生

听到朋友的玩笑，汤姆假装害怕地缩了一下，说："要是那么简单就好了。"

"也许你可以设计点什么把其他的辐射屏蔽掉。"杰克·默里提议道。

汤姆没有把握地摇摇头，说："这种辐射太强烈了，恐怕没有办法能有效屏蔽。"

仔细考虑了整件事之后，年轻的发明家决定返回蓝天女王，在自己的私人实验室里研究这个问题。"我会开降落伞机飞回去。"他对其他人说，"你们待在这里守卫回溯镜，好吗？"

"当然，头儿。不用担心这里。"乔向他保证，其他的人也都纷纷附和，"我们会安排好，派人全天候看管你的相机。"

"太好了。还有，保持履带车的无线电通畅。"汤姆补充道。

然后，他跳进吉普，开到降落伞机停泊的地方。飞艇没有被掠夺者破坏的迹象。"无论如何，在起飞之前，最好发动引擎试试。"他谨慎地想。

年轻的发明家慢慢坐进驾驶位，发动引擎，但是在一声巨大的噼啪声之后，引擎熄火了。汤姆又试了一次，但是没有反应。

"又怎么了？"他烦躁地想着。

他爬出飞机,迅速检查了引擎,又检查了主油箱。他很厌恶地看到,燃油中混入了大量的积水。

"噢,好极了!"汤姆怒道,"这架飞机似乎霉运当头啊!昨晚的暴雨可能淹没了燃油系统。"

汤姆考虑了一会儿,想用地面车辆的汽油代替降落伞机的燃油,但是他很快就否定了这个想法,因为降落伞机的动力装置必须使用专门的航空煤油。

"我想我只能开着吉普到飞行实验室那儿去了。"汤姆决定道。在离开之前,汤姆通过无线电联系了村子。

巴德应答:"有什么事吗,伙计?"汤姆报告了他的困境后,巴德说道:"也许不只是雨。"

"什么意思?"汤姆问道。

"意思是,这有可能是麦克斯提过的那个皮包骨干的。"巴德答道,"他可能故意把水倒进了油箱。我认为我们应该侦察一下,打听清楚那个皮包骨的家伙——或者至少查清楚整件事是不是大力士麦克斯编出来的。"

"可能你说得有道理。"汤姆赞同道,"我回去以后再说这事儿吧。"

汤姆切断无线电,确认降落伞机上一切正常。然后又爬进吉普,踏上开往飞行实验室那漫长又磨人的路程。

热带雨林里高耸的树木遮蔽了阳光,阴暗潮湿的空气中响着昆虫吵闹的嗡嗡声和小鸟嘎嘎的尖叫声。"这儿真是不适合

第十一章 虎口余生

野餐的地方啊！"汤姆苦笑着想。

忽然，一声恐怖的尖叫声传来。汤姆猛地刹住车，他被这声极其痛苦的声音吓得面色惨白。"天啊！什么声音？"他盘算着。

然后，他又听到了尖叫声。"是人的声音！"汤姆意识到。他抓起吉普里的步枪，这枪自飞行实验室抵达之后就一直放在这儿。他跳下车，朝着声音跑去。

他在混乱纠缠的蕨类植物中奋力前行，恐惧的尖叫声越来越高。

片刻之后，在一块被茂盛的植物和岩石环绕的地方，汤姆看到一幅令人毛骨悚然的景象：

一个男人不省人事地躺在地上，一只巨大的美洲虎站在他的身旁，抬起爪子准备下手。

汤姆别无他法，只能开枪射击那只动物，他必须救人。他端起步枪，向野兽开火。

美洲虎一跃而起，回转而下，面对新的敌人。那只美洲虎虽然受了伤，但仍暴怒地咆哮——依然充满斗志！然后，它径直扑向汤姆！

年轻的发明家心如擂鼓，但是依然保持冷静。他单膝点地，瞄准，再次果断射击。

这是干净利落的一击！但是暴怒的野兽非但没有平静下

第十一章 虎口余生

来，反而似乎因为二次受伤，满心的愤怒给了它更多的力量。野兽再次冲了过来。

汤姆紧张得满手是汗，他端起步枪再次瞄准。但是击铁只撞击在了空空如也的枪膛上。他的枪膛空了！

第十二章 摔跤手的洞穴

一瞬间，汤姆陷入了恐慌之中。但是当他意识到他的生命取决于瞬间的反应时，这种恐慌立刻就消失了！

汤姆把步枪扔到一边，冲向最近的一棵树——一棵高耸的椿树。他一跃而起，抓住树干，把自己吊离地面。这一连串的动作仅仅用了不到一秒！

汤姆向上爬的时候，发狂的美洲虎闪电般地抬起一只前爪，惊险地擦过他的腿。汤姆浑身颤栗——如果没有躲开，那只可怕的爪子会把他的皮肉都撕下来！

放松之后的汤姆发着抖，全身冒冷汗。他蹲在一根树枝上，等心跳平缓下来。"我希望那只大猫可以快点死，"汤姆同情地想着，"在它死之前，我肯定不会下去！"

但是只等了几秒钟，美洲虎就扑通一声摔了下去，侧躺在地上。汤姆小心地爬下去，想看得清楚些。毫无疑问，那头野兽死了。"它真漂亮。我真不想杀死的它！"

汤姆捡起空枪，朝着躺在地上不省人事的人跑去。"是大

第十二章 摔跤手的洞穴

力士麦克斯！"年轻的发明家发现之后，非常担心。

这个长发巨人以奇怪的姿势躺在地上。汤姆跑到他身边的时候，前摔跤手扭动着身体呻吟一声，坐起身来看着他的救命恩人。

"我这是在哪？"麦克斯喃喃道。等到脑子清醒之后，他看见了死去的美洲虎。"噢，对……我想起来了。我刚刚在和这个杀人野兽打架。"

汤姆扶着他站了起来，巨人骄傲地挺起胸膛，说道："兄弟，多精彩的一场战斗！那只美洲虎直扑向我的喉咙！但是我最后还是杀了它，我什么武器都没用，徒手杀了它！"

"先等一下，老兄。"汤姆平静地说道，"你难道不觉得以穴居人的力量想杀死它还远远不够吗？我射了好几枪才把他杀死。你那会儿早就失去知觉了。"

麦克斯满脸羞愧，喃喃道："好吧，我喜欢吹牛。我想我只是想给自己鼓劲……但是，你得承认，那头杀人野兽一点儿都没伤到我！"

"你只是幸运而已。"汤姆答道，"我认为你的大喊大叫肯定吓到它了。然后，等它最后逼近你的时候，你就昏倒了。"

"呃，不管怎样，"麦克斯伸出硕大的手和汤姆握手，力道之大差点儿把他的骨头握碎，"很高兴你能出现。谢谢你救了我的命！"

"不必在意！"汤姆微笑着回答，"换作是你，你也会那么做的。"

"你说得没错！"巨人隆隆的嗓音响起，"喂，就按之前说的，顺便参观我的洞穴怎么样？离这儿不远。"

汤姆犹豫了一下。虽然这个强壮的丛林男人似乎是真心感激，看起来也很友善，但是汤姆仍然没有完全相信他。为了不显得无礼，年轻的发明家解释说他现在急着赶去探险队的实验室飞机。

"我回来的时候再去，怎么样？"汤姆提议道。他想，不独自一人随麦克斯去他的洞穴应该比较明智。"对了，"汤姆继续说，"你有没有再遇到那个皮包骨的人？"

麦克斯摇摇头，说："没有，从我追他的那天晚上起，就再也没见过。"

"如果你在附近见到他，"汤姆请求道，"看看能不能查出他要干什么。"

"别担心，我会逼他说出真相的！"麦克斯又发出一阵低沉响亮的笑声，"好吧，回头见，伙计！"他拍拍汤姆的后背，又用力地和他握了握手，然后走向死掉的美洲虎。他闷哼一声，把沉重的尸体甩上肩膀。

"不要忘了来看望我。"麦克斯指着洞穴的方向，叮嘱道。

"我会的。"汤姆答应道。他目送着巨人大步流星地穿过

第十二章 摔跤手的洞穴

灌木丛，直到走出视线。"多勇敢的人啊！"他轻笑着想。

汤姆拾起步枪，返回吉普。"我想知道这个武器出了什么问题。我只打了两发子弹，枪膛就空了。但是我确定，在把它放上吉普之前是装满子弹的。而且我很确定已经装好了弹夹。"

他满脸疑惑地爬上车，向飞行实验室进发。抵达目的地的时候，辛普森医生和机组成员注意到汤姆凌乱的衣着，还有在爬香椿树时受的刮伤。

"天啊！你怎么了？"医生大叫道。

"信不信由你，爬树弄的。"汤姆咧着嘴笑，然后讲述了自己的冒险经历。

医生满脸惊骇，他觉得汤姆应该躺下来休息，舒缓一下死里逃生后紧绷的神经。

但是年轻的发明家没有听从他的建议，说："我太忙了，医生——说真的。我今晚会好好睡一觉弥补一下的。"

汤姆匆匆跑进无线电舱，呼叫在企业集团的乔治·迪林。他们交谈了一会儿，然后迪林把电话转给了汤姆的父亲。

"事情进展得怎么样，儿子？"斯威夫特先生问道。

"非常顺利，一切尽在掌握之中，爸爸。"汤姆向他报告了目前电子回溯镜得出的结果，并告诉他需要对自己的新发明做进一步的改进。然后汤姆问道："我们的五个地星朋友怎么样了？"

"最新的报告还不错。他们五个人独自占了格兰戴克大学的一层宿舍。"斯威夫特先生轻笑着讲起了他们对现代文明的反应,"他们对衣服热衷得发狂,特别是运动服。有一个人还戴着新生的帽子,穿着亮紫色的圆翻领衫四处闲逛!"

汤姆大笑道:"很高兴他们玩得开心。"

"对了,儿子。"斯威夫特先生继续道,"很快会有客人去拜访你。桑迪和菲利斯盼望参观地星村庄,看你的相机怎么运转,所以我答应会带她们飞过去。我也想看看你的回溯镜是怎么工作的。我们明晚就出发。"

"太好了,爸爸!"汤姆大叫道,"我等着您。顺便说一句,那个研究所的官员,布兰克斯先生还没有露面。"

斯威夫特先生答应会和政府当局核实延时的情况,然后切断了无线电。

年轻的发明家汤姆满脸微笑地走向他的私人实验室。"有桑迪和菲儿在的话一定很开心!"他心想,"等会儿告诉巴德。"汤姆的妹妹和她的朋友菲利斯·牛顿,以及他们两个男孩子从很多年前开始就是意气相投的好友。

但是,汤姆一坐到实验室的椅子上,就开始全神贯注地做起了现在的任务。不管用什么方法,他必须提高回溯镜的识别力来抵御外界辐射。

"屏蔽没有用。"汤姆冥思苦想,心不在焉地揉乱了他的平头,"除非……除非我能找到一种方法,用逆辐射的形式消

第十二章 摔跤手的洞穴

除干扰射线。"

他想,也许可以采用他的斥力装置原理来解决这个问题。汤姆在脑子里一遍遍地思考这个问题,却没有一丝灵感。然后,他忽然打了个响指。

"也许已经解决了!"他兴奋地想,"如果我在相机周围发射出一个微波场作为屏幕,把它连到电脑上就可以运转了!"

事实上,他很快就意识到,两个场是很有必要的——一个在相机探测器之上,一个在探测器之下。穿过两个场的辐射会自动"自我识别",对于来自上层大气的辐射,电脑会被"命令"将这种辐射反弹出去。

而另一方面,拍照对象发射出的所有辐射都会在两个场之间穿梭。电脑只会使用此类辐射进行计算,不受干扰地生成清晰的图片。

汤姆猛捶工作台。"这一定行得通!"然后他郁闷地想,"但是为了不让相机变得更加笨重,我需要设计一些精妙的电路!"

汤姆拿出一台巴德称之为"小傻瓜"的微型台式计算机,迅速计算出相关的数学数据,匆忙地完成草图。然后又使用碟状辐射天线开始制作两个简洁的发射机。这些会安装在相机的顶部和底部。

汤姆只是在晚餐的时候短暂地休息了一下,其余的时间一直在连续工作。午夜的时候，辛普森医生走进实验室。"你保证过今晚会睡个好觉的，记得吗？"医生严厉地斥责道。

汤姆打了个哈欠，咧嘴一笑，放下了电钻，说："好的，医生。"

第二天早晨，汤姆迅速完成了两个发射辐射单元，然后打开飞艇的无线电，说："我要动身返回村庄了，巴德。回去的路上，我打算去拜访我们的朋友大力士麦克斯，午餐时间回去。"

"你觉得那个高大的食草人可信吗？"巴德担忧地问道。

"别担心。我不会冒任何险的。"汤姆轻笑道，"我会和法兰奇一起去。"

法兰奇·布德罗是一个高大瘦削的人，之前在皇家空军服役，之后到斯威夫特企业集团担任机组乘务员。他是蓝天女王的飞行员中最高大的。

作为额外的预防措施，年轻的发明家汤姆还把麦克斯洞穴的大概位置告诉了巴德。

十分钟后，汤姆和法兰奇驾驶吉普出发。到达汤姆杀死美洲虎的地点时，两人下车，徒步走进植物蔓生的荒野。

他们很容易就找到了洞穴，麦克斯的宠物鹦鹉站在洞口附近的树上，发出粗嘎的尖叫声。听到声音的麦克斯走了出来。

"噢，是你，小伙子！"巨人隆隆的声音响起，又使着巨大的手劲和汤姆握了握手。

第十二章 摔跤手的洞穴

等到他和法兰奇握手的时候，高大的机组乘务员稍用了点劲儿，麦克斯的脸抽搐了一下，慌忙放开手。法兰奇只是微笑。

"我想看看你之前告诉我们的那些古代遗物。"汤姆说道。

"当然，当然！请进！"麦克斯答道，然后在前面带路。

洞穴看起来很深，一根黏在瓷瓶上的蜡烛忽明忽暗，只照亮了洞穴的一部分。麦克斯的家里有一个吊床，一个很低的炉灶，几张由原木削成的做工粗糙的桌子和长凳，还有一块美洲虎皮地毯。房间的很大一部分空间都堆满了地星遗物。

汤姆看到这些无主珍宝的时候，倒抽了一口气。那里有各种各样的陶器，带有铭文的石像和动物模型，看上去似乎曾经是庙宇或者宫殿外部的装饰，还有一些金属饰品，比如手镯、臂章以及项链。

"天呀！你从哪得到的这些？"汤姆问道。

巨人耸耸肩，说："哦，有的是在丛林里找到的，有的是在各处挖出来的。将来我可能会把它们捐给博物馆。"

汤姆怀疑他是否知道当地政府关于发现文物的相关法规。类似这样的物品应该上交民政机构，民政机构会向发现者支付钱款。但是汤姆决定现在不提这件事。

年轻的发明家汤姆一个接一个地仔细观察几个遗物。突然，他注意到了一只造型完美的碗。他拿起碗，走到烛光之下，发现这只碗上刻满了模糊的铭文。

汤姆拿出他的放大镜开始研究,心想,"这个很重要!"虽然铭文磨损得很严重,但是它们看起来和斯威夫特的太空朋友使用的数学符号很像——也和首领格查尔部落的圣石上雕刻的符号一样!

"你从哪找到这只碗的?"汤姆问道。

麦克斯有点怀疑地看着他,说:"你真的想知道?"

"当然!"汤姆答道,"如果你能告诉我发现它的地点,我会万分感激的!"

"好。"麦克斯拿起蜡烛,向一片漆黑的洞穴内部走去,喃喃道,"跟我来!"

第十三章　鹦鹉的警示

可以相信这个前摔跤手吗？汤姆很怀疑。或者说，麦克斯是计划将他的访客引离他们唯一的逃生之路后，再耍点花样？

法兰奇疑惑地瞥了汤姆一眼，似乎是在等待命令。年轻的发明家汤姆还没来得及决定，麦克斯的鹦鹉忽然尖叫了一声。片刻之后，一个熟悉而又尖厉的声音传入了洞穴："这是什么布局？"

汤姆看见乔·温克勒穿着他的高跟牛仔靴拖沓着走进洞穴的时候，他松了口气，笑了起来。杰克·默里跟在这个老人的身后走了进来。

麦克斯转身看向骚动的源头，怒视着新的来访者。他似乎对于这种侵入他洞穴的行为大为不悦。

乔看到了巨人并不友善的表情，但是他没有什么表示，"我们想你也许想要人陪，汤姆。"厨子说道，"所以我们就跳进卡车出来找你了。"

"你真是太体贴了，乔。"汤姆忍着笑说道。他向沉着脸的丛林人介绍了杰克·默里，接着说："麦克斯正要带我去发现这些贵重遗物的地点。也许你们这帮家伙会想一起去。"

"我们当然想去。"杰克说道，"听起来很有趣。"

"呃……好吧。"麦克斯嘟囔道，"但是在这儿要注意脚下——很难走。"

巨人转身继续带路，汤姆示意法兰奇留守洞口。然后他取出强光手电筒跟上其他人。

向洞穴深处走了大约50米的时候，洞穴突然变窄，仅容一人通过。此时的空气变得潮湿，甚至有些寒冷。访客跟在麦克斯身后，成一列纵队缓慢前行。随后，当他们在通道里拐过一个弯时，路又突然变宽，进入了另一个洞穴。

一秒钟后，乔震惊得倒抽了一口气。麦克斯的蜡烛发出的昏黄的光和汤姆的手电突然照亮了一部分穴壁，显现出巨大的勇士浮雕。

"伟大的活泥蛙啊！"乔颤抖着声音说道，"那是谁？"

那幅人像实在是太栩栩如生了，看起来就像要从墙上跳出来一样，令人畏惧。这幅人像是雕刻在石灰岩上的，仍然可以看到曾经涂刷过的浓艳颜料的痕迹。

勇士头戴顺滑的绿咬鹃羽毛制成的高高的发饰。他的脸转过去只余侧脸，所以一只巨大的眼睛瞪着闯入者。一个饰有宝石的长钉在鼻孔下穿过，让他显得更为凶狠。他一手扼住一个垂死俘虏的喉咙，一手攥着一条羽蛇。

第十三章 鹦鹉的警示

"他握着的是地星的蛇神,羽蛇神!"汤姆敬畏地大喊。

麦克斯拿着蜡烛走近雕像,用守财奴那种妒忌贪婪的表情盯着雕像。"这就是我待在这里的原因。"他语调怪异地说,"我发现了它和其他所有的东西。它们是我的,没人能把它们从我身边带走!"

汤姆和他的两个同伴警惕地交换了一个眼神。杰克眨眨眼,点了点头,暗示他和乔会留意这个丛林人,以防他变得暴戾。

安下心来的汤姆抓住机会靠近墙壁研究上面的浮雕。"我相信这些雕刻品源于古地星帝国和新地星帝国之后的某个时期。"他告诉其他人,"有些装饰物具有F国特征,很可能意味着这些雕刻品是在13世纪之后制成的。"

"哟!"杰克吹了声口哨,"700多年前啊。它们保存得真好。"

汤姆点点头。他怀疑这部分洞穴可能是被埋藏的神殿的一部分。他决定等布兰克斯先生抵达之后,就带着这位政府官员来看看这个惊艳的考古发现。

而此时,麦克斯已经开始在穴壁上雕像的左侧敲打松散的泥土。"你们看到的这些都不算什么!"他喃喃自语。

其他人饶有兴致地看着他。没过多久,麦克斯挖掘的地方就显露出一个大洞,里面放着一堆地星文明古器物——碗、珠宝、小雕像,还有腕表。

麦克斯手中摇曳的烛光照亮这些无价之宝的时候，乔倒抽了一口气，说道："用我的水牛排骨吧，这是个十足的藏宝屋！"

汤姆用手电的光线照了照昏暗的大洞，说道："你说得对，乔。这就是一个宝库，是从坚硬的岩石里凿出来的！"

当汤姆粗略环视宝物的时候，麦克斯警惕地盯着他。所有的东西都没有太空数学符号，但是一块很小的海龟雕像上有地星数字标明的日期——公元821年。

"这个地方的历史可能比我认为的还要久远。"汤姆说道，"当然有些物品可能是在墙壁上的浮雕之前制成的，之后又被带到这儿来。"

"太惊人了——绝对惊人！"杰克说道，"我这辈子从来没有见过这样的东西。"

汤姆仔细查看之后，麦克斯又认真地把污泥堆起，掩盖住他的秘密收藏品。然后队伍穿过窄道，向洞穴的外室走去。

他们到达巨人的住处时，法兰奇还在耐心地等待，他咧开嘴笑着说："看到有趣的东西了吗？"

"朋友，当然看到啦！"乔心潮澎湃地说道。然后，这个前牧场厨师就开始讲述关于巨大的勇士浮雕和隐藏的宝库的故事，讲得虽然很混乱，但是却趣味十足。"足以把一个守法的家伙吓得一年反应不过来！"

乔正说得起劲，却突然被鹦鹉的尖叫声打断。麦克斯抬起

第十三章 鹦鹉的警示

头,立刻警惕起来。小鸟继续尖叫,它的主人忽然猛冲向洞口。

"我用一只鬣蜥蜴打赌,外面有刺探者!"巨人愤怒地咆哮道。

汤姆紧跟着跑了出去,杰克·默里也紧随其后。他们冲出洞穴的时候,恰巧看到一个苗条身影消失在蕨类植物和树叶之间。

"是他!"麦克斯大声说,"是我跟你们说过的那个皮包骨。"

"快走!追上他!"汤姆大喊一声,向前追去。

第十四章 好战的疯子

"我们最好散开!"汤姆和杰克·默里紧追神秘的侵入者冲进树林中时,汤姆嗓音嘶哑地低声说道,"他可能会试着曲折行进摆脱我们!"

"对!但是要小心埋伏,机长!"杰克喊道。

茂盛的丛林植物让搜寻困难得令人抓狂。他们没有弯刀可以在乱成一团的植物中开辟出一条道路,所以根本不可能快速前进。汤姆和杰克被匍匐植物和长满木瘤的树根绊倒了六七次,几乎是在趴着前进。

潮湿阴暗的环境和蜇人的昆虫让他们的境遇变得更加凄惨。所有的追赶者很快都汗如雨下。

汤姆追了20分钟之后,终于意识到:"这根本不可能追得到!"然后,他双手圈着嘴喊道:"嘿,杰克!你在哪?"

工程师杰克最后和他会合,然后两个人一同回到洞穴,其他人正焦急地等待着。

"发现什么人了吗?"乔问道。

第十四章 好战的疯子

"除了最开始瞥见的那眼之外,一点儿踪迹都没有。"汤姆答道,然后轻声说,"但是至少我们知道麦克斯的话是真的。"

从对那个神秘人的匆匆一瞥,汤姆敢保证他不是土著。他看起来太高了,头发颜色也浅,而且,他穿的是一件卡其色衬衫。

"你认为那个人是谁?"杰克问道,"是做野外工作的勘探者吗?"

汤姆耸耸肩:"猜得好。但是如果他是勘探者,他的行为就太古怪了。"

"他就是个卑鄙的丛林游客!"乔愤愤地说道,"我要是抓到他在附近窥探,一定拿绳子把这家伙五花大绑!"

等他们在洞穴外聚齐之后,汤姆问麦克斯是否可以把带有雕刻的碗带回村子,说:"我想用一个特殊的相机把它拍下来,看看它有多久的历史。我很快就会把它送回来的。"

"噢,你拿走吧。"巨人说道。

年轻的发明家汤姆微笑着,客气地说:"太感谢你了。我保证会把碗安全送回。"

四个伙伴和巨人挥手告别,又步履艰难地走回卡车和吉普停靠的小路。

"你想开卡车吗,汤姆?"乔问他。

汤姆考虑了一下,摇摇头。"不,你和杰克开卡车领头。"

他决定道，"我和法兰奇开吉普，我捧着碗回去。"

"好嘞。小心开车，牛仔！"

杰克坐到驾驶位，乔爬进驾驶室坐到他旁边，然后卡车轰隆隆地绝尘而去。汤姆和法兰奇紧随其后。

两辆车慢速前行了一会儿，随后，卡车开始加速，法兰奇也加大油门，跟了上去。过了一会儿，吉普的右轮突然撞上了一个不明障碍物。吉普猛地颠簸了一下，差点把汤姆甩出座位，而那只珍贵的碗从他的膝上飞出！

"啊！"他大叫道，不顾一切地向车窗外扑去，碗就要掉到地上摔个粉碎，汤姆在半空中抓住了它！

"接得漂亮，我的朋友！"法兰奇微笑着赞叹道。

汤姆面色苍白地咧嘴一笑，在剩下的旅程里更用力地紧握住这只碗。

车开进村子的时候，巴德·巴克利和迪克·福尔松急切地和这些旅行者打招呼。"解决辐射问题了吗，机长？"迪克问道。

"希望是吧。"汤姆拿出他的两个微型发射辐射单元，向他们讲解如何把它们与计算机相连，筛选出外源辐射。"我们等会儿用这只碗测试一下。"他继续说，"我有种预感，它上面有太空符号。"

然后，在年轻的发明家汤姆埋头于实验之前，乔迅速地做了一顿美味的午餐——火腿罐头和玉米粉圆饼。聚在一起吃饭

第十四章 好战的疯子

的时候，汤姆讲述了他与美洲虎刺激的对战。

"别告诉我你让大力士麦克斯把你的战利品带走了！"巴德调笑道，"想想看——你应该把兽皮带回肖普顿！或者踩着美洲虎的脑袋给自己拍张照，上面写上'汤姆·斯威夫特，丛林之王！'"

汤姆咯咯地笑了起来，然后问道："对了，你们有谁用那把步枪开过火？"

所有人都摇摇头。"有意思。"汤姆说道，"我确定步枪是满载的。我想肯定是我慌神了。"

"最好小心点儿，书呆子。"巴德劝告道，"那种心不在焉会给你带来麻烦的！"

午餐一结束，汤姆就匆忙赶回新屋，将两个微波场发射机安装到回溯镜上。酋长和几个土著极为好奇地看着他把相机瞄准那只地星碗。一种既紧张又兴奋的氛围充斥在小屋里。这只碗会显现出怎样的铭文呢？更重要的是，汤姆新发明的辐射筛选装置能不能成功？

"祈祷成功吧！"汤姆喃喃自语。他重置了计算机，以除去干扰辐射，然后启动设备，迅速地调整了表盘。设备嗡嗡地运转起来，探测器开始向相机的"大脑"源源不断地输送电脉冲。

"嘿，运转得很顺利！"巴德大声叫道，"而且，有太空符号显现出来了！"一组清晰的照片出现在再现单元的屏幕上，精美的地星艺术设计也随之显现。

"干得好，机长！"杰克·默里为年轻的发明家欢呼。

汤姆心满意足地笑了笑，却什么都没说。然后，他从再现单元中拉出胶片，拿到眼前研究起来。

"这和你们圣石上显现的信息相同。"他对格查尔说。

酋长满眼敬畏地凝视着图片，语气中满含希望地说道："也许，某一天，我们可以更多地了解从天而降的祖先。"

汤姆又使用回溯镜检测了土著带过来的几块石刻，但是没有发现新的太空数学符号。最后，他暂停了实验。

"我真希望能开始发掘。"他对巴德说道。

"你是说，你希望研究所的布兰克斯先生可以抵达这里。"巴德回道。

"没错。而且，巴德，我有好消息告诉你。明天会有客人来访——桑迪、菲利斯，还有我爸爸！"

巴德听到这个消息激动得难以自抑，而乔马上开始筹划第二次盛宴，格查尔首领和他的村民也答应会参加庆祝会。身着白衣的地星女人因为期待着见到两位来自异国的女士而异常兴奋。

"还有，我想把降落伞机修理好。"汤姆说道。他通过无线电联系蓝天女王，要求马上送来飞机燃油。随后，他和巴德驾驶吉普去排掉飞艇油罐中的渗水，监控这次行动。

几分钟之后，三层舱板的巨大飞行器在降落伞机的上空盘

第十四章 好战的疯子

旋。上面放下一根软管,他们将软管连接到搁浅的飞艇上。很快,新鲜的燃料就注入飞艇的油罐中。

"一切就绪!"两个男孩将软管分离后,汤姆示意道。飞行实验室将软管卷回,朝着自己的着陆点呼啸而去。汤姆和巴德虽然疲惫但却满怀希望,二人驱车回到村庄。

"老兄,我迫不及待地想见到桑迪!"巴德喊道。然后脸红了红,又说:"我是说,也很想见菲利斯,当然,还有你爸爸。"

汤姆咧嘴笑道:"我和你一样,伙计!"

第二天早晨,整个村庄都前去欢迎来自肖普顿的客人。兴奋的土著通讯员早已带回了他们即将到达村庄的消息。斯威夫特先生开着一辆吉普,坐在旁边的两个女孩身穿艳丽的连衣裙,头戴阔边草帽。

"嗨,爸爸!"汤姆大叫着与他握手,"您能找到着陆点真是太好了。"

"这不费事。"老斯威夫特微笑着答道,"我料到从你们的丛林机场开过来得有点儿距离,所以就又带了一辆吉普过来。"

这位著名的科学家和他的儿子极为相像,都有一双敏锐深邃的目光,只是汤姆要比他的父亲更高、更瘦。

土著孩子们为两个女孩献上几束姹紫嫣红的丛林花朵。桑迪转动双眸,用她那高中水平的X国语言致以热情的谢意。地星人纷纷用力鼓掌。

"轮到你了！"汤姆转向菲利斯，俏皮地说道。

一头黑发、满脸笑容的菲利斯摇摇头："恐怕得免了。你知道，我现在学的是L国语言，爸爸坚持让我明年学X国语言呢。"

情绪高涨的巴德正在和桑迪开玩笑，威尔逊·赫奇克拉夫特挤了过来。"可以帮我介绍一下吗？"他温文尔雅地问道，笑容温和。

巴德翻了个白眼，但还是为他介绍了一下。然后，赫奇克拉夫特还没来得及更进一步，巴德就抓住桑迪的胳膊，说道："跟我走，我带你去看看他们为我们修建的豪华酒店！"

很快，乔和地星女人就准备好了一桌精致的大餐，菜肴的香味飘散在空气之中。露天的广场上又铺好了饭桌，所有人就座。

"哦，天啊！"当一盘盘分量十足的食物被端上餐桌的时候，桑迪咯咯地傻笑，"我们得开始减肥了，菲利斯，一回家就减。"

"谁在乎！"菲利斯一边吃着白煨鸡和辣巧克力酱一边回嘴，"乔，这真是太美味了！"

"我只是简单做了点而已。"乔满脸喜色地说道。

突然，人群一阵骚动，愤怒的叫喊声传来。令汤姆惊讶的是，他看到大力士麦克斯从参宴者中挤了过来，瞪着眼睛，一副心烦意乱的样子。

第十四章 好战的疯子

"天呀,那是谁?"桑迪惊恐地盯着大步走向她们餐桌的暴怒的丛林巨人。

"我的一个朋友——至少昨天还是。"汤姆低声说道,随即站起身来,从容地面向前摔跤手,希望可以让他平静下来。"你来得正是时候,麦克斯。"他亲切地说道,"这儿有几位客人,这是我妹妹桑迪,这是菲利斯·牛顿,还有我爸爸斯威夫特先生。"

"斯威夫特先生,呃?"麦克斯怒视着科学家,挑衅地抬起下颚,"嗯,我很抱歉告诉您这些,但是我真是要疯了!您的儿子就是一个卑贱的贼——我有证据!"

第十五章　观光客落水

"我的哥哥是贼!"桑迪愤怒地大叫,"你肯定是疯了!"

汤姆心平气和地回道:"肯定是有什么误会,我们会解开的。"

他还没来得及继续解释,斯威夫特先生就打断了他。"这可是很严重的指控。"他的声音理智沉静,"请你告诉我们发生了什么事。"

"您的儿子偷偷摸摸地潜入我的洞穴,偷走了我的一部分地星遗物!"麦克斯怒吼道。

汤姆冷冷地回答:"你说你有证据,什么证据?"

"其他人怎么可能做这件事?"愤怒的巨人一口咬定,"你和你的同伴是唯一知道那些东西的人,而且,你还对它们非常感兴趣!"

麦克斯瞪着汤姆,在他的面前挥舞着巨大的拳头。"快说——承认是你干的!"他吼道,"今天早上,你趁着我外出

第十五章 观光客落水

采摘早餐要吃的坚果和番石榴，偷偷溜进了我的洞穴。"

"我整个上午都没有离开过村子。"汤姆冷冷地回道，"如果你可以坐下来，不再乱喊，我们就可以理智地谈谈这件事。"

"不要想巴结我！"麦克斯威胁道，"我知道是你偷走了那些宝藏！快点还给我，否则我就把你碎尸万段！"

两个女孩彻底被吓傻了，法兰奇赶忙上前帮忙，但是汤姆挥挥手制止了他。

"用那种徒手杀死美洲虎的方式撕碎我吗？"汤姆问巨人，目光闪烁。

这个问题似乎打击了大力士麦克斯爆棚的自尊心。"好吧，你救过我的命。"长发巨人闷闷地承认，"但是不要以为那可以改变什么！"

"我相信我可以说服你。"汤姆温和地说道，"跟我来。"

他带着巨人走进斯威夫特小屋，拿起地星碗给他看。这只碗被小心收在一个盒子里，里面铺满了丛林里的小草。"如你所见，在我这里，唯一属于你的东西就是之前向你借来的这只碗。如果你不相信我，你可以自己搜搜。"

麦克斯草草地四处翻了一下，然后走回汤姆面前，嘟囔道："我怎么知道你没把东西藏在别的地方？"

汤姆耸耸肩，把碗递还给他："既然你不相信我，那就把碗拿走吧。虽然说放我这儿可能会比较安全，因为小偷仍然逍遥法外。他会想方设法把你其他的宝物都偷走。"

麦克斯的脸红了，尴尬地摸着碗，似乎不确定该怎么处理它。"好吧，是我信口开河，太鲁莽了。"他承认道，"你拿着吧。"

他把碗递给汤姆，两人回到了村里的广场上。斯威夫特先生和其他人发现巨人想打架的冲动消失了，都纷纷松了一口气。而且他看起来很羞愧。

"请忘了我刚才针对您儿子的话，呃，伙计！"麦克斯对老斯威夫特说道，他那宽阔、下巴微兜的脸上满是困惑，"但是，我还是没能想出那些东西是怎么回事。如果不是你们中的人拿走的宝物，那会是谁？"

"没准那个瘦不拉几的家伙是贼呢。"乔尖声喊道，"你没怀疑过他吗？"

麦克斯大张着嘴，一副惊慌失措的表情："嘿！你可能说到点子上了，老伙计！我最好快点儿回去，在那个鬼鬼祟祟的皮包骨再使诡计之前，把剩下的宝物都藏起来。"

"这也许是个好主意。"汤姆赞同道。

巨人迈着大步离开，震得地面隆隆作响，然后，稍微停了下来扭回头喊道："或者我可能会把它们带过来，让你保管，小伙子！"

麦克斯的身影消失之后，桑迪耸了耸肩："天啊！那个人

是从哪来的?"

汤姆对他们讲述了这个前摔跤手的出身背景,解释说他是因为要治疗长期的病痛才来到这里,后来就留在这里成了丛林隐居者。"他其实人不坏。"汤姆轻笑着说,"只是有点儿头脑不清。巴德叫他大力士麦克斯。"

"噢,我认为,你勇敢面对他的样子才了不起!"菲利斯说道,"他把我的魂都吓没了。我觉得他是缺根筋什么的!"

女孩们睁着棕色的眼睛满脸崇拜地看着汤姆,汤姆的脸红了,赶快说道:"在地下的时候,麦克斯被自己的影子吓了一跳,所以我很肯定他不会变得暴戾。"

从巨人一出现,赫奇克拉夫特就一直用恶毒的眼光观察整个事态的发展。但是当乔提到"瘦不拉几的家伙"的时候,他的眼中闪过一丝兴趣。他问厨师:"你们谈论的那个瘦得皮包骨的家伙是谁?"

乔含糊地咕哝一声,答道:"一个鬼鬼祟祟的歹徒,他暗中侦察过我们,还试图捣乱。"

巴德脱口而出:"对了,赫奇克拉夫特,你昨天去哪了?"

赫奇克拉夫特的脸青红交加。"我去做实地勘探了,这根本不关你的事。"他反驳道,"再说,我不喜欢你这样含沙射影。"

斯威夫特先生赶忙换了个话题,说:"你做的这顿大餐简直太成功了,乔!你打不打算带些食谱回肖普顿?"

"当然要带！"这个老人兴高采烈地跳起来，"对了，你的话倒是提醒我了——我们还没吃甜点呢！"

最后一道菜是各种各样令人垂涎的天然水果和坚果，里面有番石榴、野生李子、橙子、大蕉，还有腰果。所有人都用完餐之后，地星乐师吹奏起另一首欢快的曲子，土著们跳起了轻快的舞蹈。

"太精彩了！"舞蹈结束的时候，桑迪为他们鼓掌喝彩，"我希望将来可以邀请他们到肖普顿乡村俱乐部演出——那肯定会轰动的！"

"来自丛林的节奏之王！"巴德大笑道，"参观一下村庄，如何？"

女孩们迫不及待地答应了，汤姆和巴德就陪同她们离开了广场。一直热衷于本土文化的斯威夫特先生跟在首领格查尔的身后与他交谈。这就给了赫奇克拉夫特一个离开广场、加入那些年轻人的理由。显然，他对桑迪很感兴趣。

"我听说你对地星方言很感兴趣。"桑迪客气地说道。因为她注意到巴德满脸怒容，所以慌忙开始交谈，以免再次发生冲突。

"嗯，确实是。"赫奇克拉夫特带着惯有的优越感，微笑着说，"地星语言是一个令人着迷的难题。"

"难题？"桑迪挑挑眉，"为什么这么说？"

第十五章　观光客落水

"嗯,古地星语如今以各种各样的方言形式存活,但是我们却不知道的古语是什么样子的。"

此时,几个散步的人走到了村庄的外沿,菲利斯注意到不远处有一个被白色石灰岩墙壁围起的巨大的深水池。

"我的天哪,那是什么?"她惊呼道,"不是游泳池,嗯,肯定不是!"

"这是村子的水井。"巴德告诉她。

"事实上,它被称作克里特。"赫奇克拉夫特纠正道,"你瞧,尽管这里有这么多热带雨林植被,却是个气候干旱炎热的地方。这里没有湖也没有河,唯一的水源就是雨。雨水渗入地下,保留在石灰岩中。水井就出现在石灰石岩壳凹陷的地方。为了拥有水源,地星人通常会把村子建在克里特附近。"

队伍慢慢走近水井,向井里看去。巴德对汤姆咕哝道:"你看他那滔滔不绝的样子——自以为无所不知呢!我敢说他是提前准备好了的,好让桑迪对他有个好印象。"

汤姆笑了笑,什么都没说,以免赫奇克拉夫特无意中听到。

水井和大型池塘一样大。井水清凉,波光粼粼。水井很深,水面大概在地面以下3米。赫奇克拉夫特显然非常喜欢炫耀自己的学识,又继续他的演说。

"在古地星的首都奇琴伊察有两个克里特。"他说道,

"其中一个用于活人献祭,但是这是受到了托尔特克人的影响。"

女孩子们被吓到了。"你的意思是他们把人淹死在井里?"桑迪惊呼道。

赫奇克拉夫特点点头,说:"作为对雨神的敬意,即将结婚的美丽处子会被推入井中。她们身戴沉重的珠宝,所以无一不立刻沉没。有时候,新郎也需要跳下去。我们重演一下这个习俗,凉快一下怎么样?"

"不用了,谢谢!"桑迪说道。

赫奇克拉夫特打趣地走向她,似乎想实施刚刚提的建议。桑迪匆忙向后退。但是在躲避向她伸来的手时,失去了平衡。她惊恐地尖叫一声,跌进了井里!

巴德怒不可遏。"你个混蛋!"他朝着赫奇克拉夫特大吼道,"或许你想自己进去泡泡!"

发现巴德是动真格的时候,人赫奇克拉夫特喉咙一哽,脸刷地就白了。"不,不要,我不会游泳!"他恳求道,然后从愤怒的巴德身边闪开,惊慌地朝着村子逃去。

而此时,汤姆和菲利斯在心急如焚地盯着水井,等待桑迪出现。

"有点不对劲!"菲利斯惊慌地大叫。

汤姆刚要跳入水井,就听到巴德说:"我去。"巴德一刻也没有耽搁,甚至连那双沉重的登山鞋也没来得及脱就跳了下去。

第十五章 观光客落水

其他人紧张地等待着,当桑迪和巴德一同浮出水面的时候,汤姆和菲利斯呼地松了一口气。他们游到井边,爬上陡峭的井壁。

"你吓死我们了,桑迪。"菲利斯对她刚爬上来的朋友说道,"刚才怎么回事?"

桑迪大笑道。"我想既然我得饰演一个被献出的处子,那我就想看看能不能从井里捡到古代的珠宝首饰。"她做了个鬼脸,接着说,"在井底除了泥什么都没有。"

热带炽烈的太阳高悬在头顶,很快就把衣服晒干了。等四个年轻人回到村庄的时候,他们发现赫奇克拉夫特"去散步了"。

"明智之举!"汤姆轻笑着评价,"他不喜欢你眼中闪烁的好战情绪,巴德!"然后年轻的发明家转向菲利斯,说道:"你愿意和我乘着我新的降落伞机去旅行吗?我们可以飞到蓝天女王——如果我的破飞机可以启动的话。"

"我愿意!"菲利斯说道。

随后,她和汤姆爬进吉普,桑迪和巴德也钻进了另一辆,说要自己去小小地探一下险。

同菲利斯抵达降落伞机之后,汤姆迅速地检查了一下飞艇,然后和菲利斯一同爬进驾驶舱。

"目前为止,一切顺利。"汤姆预热了喷射发动机之后说道。然后他开启气泵,等待飞船的气囊充满氦气。"现在,我们拭目以待吧。"他的声音中有一丝担忧。

汤姆·斯威夫特和电子回溯镜

第十六章 警察的盘问

"有什么不对吗,汤姆?"菲利斯迷惑地问道。她盼望着降落伞机可以立即起飞。

"往上看。"汤姆松了口气,笑着指向头顶的透明面板。

菲利斯惊讶地看到飞船气囊慢慢胀满,飞机开始上升。"噢,汤姆!这太棒啦!"她兴奋地叫道。

年轻的飞行员操纵着方向舵和升降舵缓慢地移动飞艇,让它保持直线上升。很快,飞机飞越了树顶。

"多么令人激动啊!"菲利斯大喊道,"就像飘浮在空气之中!"

汤姆按下控制面板上的一个按钮,降落伞机的机翼从机身中伸展而出。"提到飘浮,"他说道,"你想'飘浮'到飞行实验室吗?"

"你的意思是说,不使用喷气式飞机——就像我们乘坐的是气球?"菲利斯问道。

汤姆点点头,笑着说:"差不多。现在的风相当平稳,而且正向着我们要去的方向吹。我相信只使用方向舵和其他控制装置,我们就可以抵达那里。"

"那就出发吧!"菲利斯开心地赞成道,"真有趣!"

现在,他们已经升到足够的高度,丛林像苍茂繁盛的广阔绿地在他们脚下延伸开来。汤姆操纵着飞机倾斜转弯,盘旋飞行,直到驶入正确航线,可以直接抵达蓝天女王和斯威夫特先生的喷气式货机停泊的地点。随后,他完全关闭引擎。

"现在我能理解人们为什么那么热衷于滑翔机!"菲利斯兴奋地说道,"我感觉我就像一只鸟一样!"

汤姆打开无线电与蓝天女王联系,无线电人员立刻应答。

"我和菲利斯正驾驶降落伞机向你们那边进发。"汤姆报告道,"现在正在玩自由气球特技,所以可能得过一会儿才能抵达。"

"你能与我们取得联系真是太好了,机长。"无线电人员答道,"我们刚刚接到来自肖普顿的电话,他们要找你爸爸,但是我们在村子里没能联系到他。对方要求他尽快到达首都,参加一个关于新太空计划的政府会议。你能将这个消息传达给他吗?"

"当然可以。"汤姆答应道,"如果不能通过无线电联系到他的话,我会返回村子,当面告诉他。"

幸运的是,巴德开车的时候打开了吉普上的无线电。他说他和桑迪会立刻返回营地,把这个信息传达给汤姆的父亲。几

第十六章 警察的盘问

分钟后,斯威夫特先生的声音通过无线电传来。

"恐怕这意味着我和女孩子们必须马上飞回家了,儿子。"科学家说道,"很抱歉我们得中断旅程,不能看到你的回溯镜运转了。"

"我希望您可以多待一会儿,爸爸。"汤姆遗憾地说,"但是我知道您政府的工作更重要。需不需要我们回去接您和桑迪?"

斯威夫特先生轻笑着说:"不,不用麻烦了。巴德告诉我你正在尝试飘浮航行,所以继续试验吧。我和桑迪可能会驾驶吉普超过你的。"

"想得美!"汤姆大笑着关闭了无线电。

没过多久,菲利斯就通过双筒望远镜看到吉普在下面沿着丛林小路蜿蜒前行。她说道:"这个比赛可能会变成并驾齐驱哦!"

"不要灭自己威风。"汤姆打趣道,"飞艇的前途堪忧啊!"

自由飘浮了大概一小时,终于看到了着陆点。在下面草木茂盛的宽阔空地上,停泊着巨大的银翼蓝天女王和斯威夫特先生相对较小的喷气式货机。汤姆盘旋在空地上方,开启电泵和压缩机,放空氦气气囊,然后缓慢降落。

菲利斯最后用双筒望远镜观察到,那辆吉普距这里大约还有1千米。"我们赢了,我们还是冠军!"她大笑着举起汤姆的手,"说真的,汤姆,我觉得你的降落伞机真是太奇妙了!"

年轻的发明家红着脸笑道:"这次旅程很有意思,特别是和你在一起,菲利斯。我们返回肖普顿的时候举行一场飞艇野餐,怎么样?"

"就这么说定啦!"菲利斯兴高采烈地说道。

很快,斯威夫特先生和桑迪也到达了。女孩子们因为要中断旅程而非常失望,但是汤姆答应她们等他和巴德回家之后,就马上向她们详细报告所有的探险历程,并且进行一次远足,她们又开心起来。

"记住,不要找借口说自己很忙。"桑迪提醒道,"虽然你忙个不停,但是你也许可以给我们带回些古老的地星珠宝。"

"这是违法的,妹妹。"汤姆轻笑着回道,"但是我或许可以设法带回一块古老的石刻。"

"石头又不能戴!"桑迪假装生气地噘起嘴。

"祝你好运,儿子。"斯威夫特先生和他握了握手,"我期待亲耳听到你的报告,尤其是有关那个神秘的太空舰队的任何线索。"

"好,爸爸。我会随时向您汇报的。"

最后告别之后,斯威夫特先生和女孩子们登上了喷气式货机,起飞离开。汤姆向他们挥挥手,飞机降低机翼,向北疾驰而去,消失在天际。

第十六章 警察的盘问

随后，年轻的发明家汤姆向蓝天女王走去。他有很多改进回溯镜的想法，希望在返回营地之前试验一下。他刚一坐进巨大飞船中自己的私人实验室，辛普森医生就兴冲冲地闯了进来。

"上空有一架直升机，机长。"医师报告道，"我认为它是要着陆！"

汤姆冲出飞机想亲眼看看。巨大的双旋翼运输机正慢慢地朝着空地降落。

"那不是私人直升机。"一个机组人员眯着眼说道。

"这是当地政府的飞机。"汤姆使用双筒望远镜研究了机身上的标记后答道。

几分钟后，直升机着陆。从飞机里下来三个人，身穿卡其色警服。其中两个人拿着卡宾枪，另外一个人皮肤黝黑、身材高大，显然是一个官员。他走过来轻快地打了个招呼。

"请问谁是这里的负责人，先生们？"他询问道。

"我是。"汤姆答道，"我是小汤姆·斯威夫特，他们是我探险队的成员。我们来自A国。"

"我是本州警察局局长路易斯·罗德里格斯。"警察局长用冷硬的官腔说道，"请出示您的证件。"

汤姆交出文件。局长认真审核了一会儿，说道："当地有消息流传，说有一群外国人在这一带破坏珍贵的地星遗址。是你们吗？"

"我探查过一些遗址，如果您指的是这个的话。"汤姆承认道，"您看，我发明了一种新型相机，可以显示出石头上铭文最初的样子，以及铭文的年代。但是，我们还没有开始发掘，虽然我们是这么打算的。"

"谁准许的？"罗德里格斯厉声说道，态度很不友好。

汤姆早已习惯于本地和蔼可亲、彬彬有礼的对待方式，看到他的态度非常惊讶。"正如您从我们的身份证明里看到的，我们这次旅行是通过F国政府允许的。"汤姆解释道。

"这些文件只表明你们是来接几个地星人回你们国家做医学研究项目的，"罗德里格斯说道，"但是没有提及任何考古工作。"

"很抱歉。我应该解释得清楚一点儿。"汤姆礼貌地说道，"那几个地星人已经飞到A国。发掘本地遗迹的许可是在我们抵达这里之后才得到的。人类学与历史研究所的马可·布兰克斯先生正过来监督我们的工作。"

黝黑的警察局长皱着眉和另外两个名叫佩德罗和米格尔的警察用X国语言交谈了几句，然后转向汤姆。

"先生，没有证据的话，恐怕您的故事不足以令人信服。"他直率地说道，"您提到的布兰克斯先生在哪？"

汤姆耸耸肩：“坦白说，我不知道。我也很想知道他为什么还没到。”

第十六章 警察的盘问

"很奇怪,不是吗?"罗德里格斯挖苦道,"我们只听到你一个人的话,甚至连布兰克斯这个人是否存在我们都不知道。"

警察局长的语气让年轻的发明家满腔怒火。他努力控制自己的火气。就在此时,辛普森医生匆忙插了一句:"这位长官可能说得有点道理,机长。布兰克斯到现在还没露面,似乎有点古怪。"

"我确定没有问题。"汤姆一口咬定,"我父亲是让批准这项医学项目的政府当局安排的。"

罗德里格斯多少有些怀疑地仔细斟酌了这些话。佩德罗和米格尔用英语与他低声讨论起来。

讨论了一阵之后,罗德里格斯说:"那好吧,先生们,我们暂时不会采取行动。但是,我希望查看一下您提及的新型相机。"

汤姆解释说他的相机在首领格查尔的村子里,离这大约15千米远。"恐怕那里没有足够大的空地可以供您的直升机着陆。"汤姆指着自己的降落伞机说道,"如果您愿意的话,我可以载你们一程。"

三个警官震惊地盯着怪模怪样的飞机。"那是什么飞机,先生?"局长问道。

"机翼伸展起来,它可以像传统的喷气式飞机一样飞行。"汤姆解说道,"机身顶部的圆顶内也装有飞船气囊,可以用于起飞和紧急着陆。我曾经把它停在村庄附近的。"

三位警员皱着眉，不自在地挠挠嘴。显然，他们之中没有人会急于登上这样一个模样古怪的飞行器。但是佩德罗和米格尔意识到只有两个选择，乘坐降落伞机或者徒步穿越丛林，无奈地耸了耸肩。

"我们接受你的提议——多谢。"最后罗德里格斯说道。

汤姆预热降落伞机，在三位官员登机时帮了把手。然后他轻敲开关将气囊充满氦气。飞艇从空地上缓慢升起。

"天啊！"当他们飘过树顶时，警察局长喃喃自语道，"太了不起了！"

汤姆将机翼伸展出来，轻加油门。随后，飞艇朝着地星村庄飞速前进。但是，汤姆忽然发现方向舵和升降舵的反应不太正常。

汤姆非常恐慌，他试着调整了控制杆和控制踏板，发现只有微弱的反应！汤姆有一种不祥的预感，他知道自己和乘客们在绵延不断的森林上空无助地疾驰，根本没有紧急迫降的地点！

第十七章　埋藏的神殿

汤姆飞快地瞥了路易斯·罗德里格斯一眼。这位警察局长正目不转睛地欣赏着丛林风光，而佩德罗和米格尔在用X国语言喋喋不休地交谈。显然，没有人意识到降落伞机瘫痪了。

"我还不能提醒他们。"汤姆决定，"也许我可以想出一个行动计划。"

神经高度紧张的年轻发明家出了一身冷汗。他关闭油门，判断当前的形势。他的表盘显示风向骤变。现在风是从海面吹向内陆——远离村庄和蓝天女王空地的方向。

"没有机会可以平安滑行。"汤姆沉重地想，"我得快点想想办法！"

忽然，一个念头闪现。作为一个经验丰富的海员，汤姆经常在海上逆风行船。"也许，"他心想，"通过向飞船气囊中反复充气、放气，我可以驾驶降落伞机垂直地抢风而行！这值得一试，但是我必须先把飞艇对准正确的航向。"

控制装置仅有的那点反应勉强足够汤姆缓缓倾斜飞机。通过迅速喷气使飞机加速，他大概能够操控飞艇向空地的方向退回。

罗德里格斯困惑地看了汤姆一眼："我们要返回去吗？"

汤姆草草地点了点头，希望可以避免进一步解释。警察局长猜疑地皱起眉头，但是什么都没说。

汤姆满功率开启氦气泵。飞船气囊胀满时，飞机开始急速上升。然后汤姆放掉气囊中的氦气，利用刚刚升高的高度逆风下滑。这使得飞艇离空地近了一大截。然后，汤姆又再次充气让飞艇上升，重复之前的过程。

罗德里格斯愤怒地大喊道："这是干什么，先生——恶作剧吗？我需要你立刻解释！"

"控制装置发生故障。这是可以让我们返回空地的唯一的办法。"

又操控了一段时间，飞艇终于着陆。辛普森医生和机组成员从飞行实验室里冲出来。

"控制装置失灵了。"汤姆和乘客爬出飞机的时候简单说道，"我认为是液压系统出了故障。"

"我认为你是故意这么做的！"罗德里格斯怀疑地大声吼道，"为什么？因为你不希望我们看到你在地星村庄一直在干的事！"

"你愿意怎么想就怎么想吧。"汤姆不耐烦地回嘴，"幸运的是我们没有坠毁！"

第十七章 埋藏的神殿

他拧下前罩板,快速检测了降落伞机的液压系统。"问题在这。"他指着主泵上的软管说道。软管上有一个裂缝,液压油从裂缝中渗出,引起了控制压力的不足。

"呃,真要命!"蓝天女王的工程师斯图·科恩挠了挠头,"对于一架新飞机来说,这软管的寿命也太短了!"

"可能是橡胶在这种丛林气候中被腐蚀了。"另一个机组成员推测道。

"这根软管不是由橡胶制成的。"斯图指出,"这是合成塑料,可以抵抗高温和潮湿。软管肯定一开始就有破损。但是真的难以相信斯威夫特工程公司的检查员会疏忽大意,把这个漏掉!"

斯威夫特工程公司由菲利斯的父亲负责,为斯威夫特企业集团所有的发明制造标准产品。汤姆了解公司严格的检测标准,也赞同斯图的说法。

"还有一种可能。"他面色阴冷地说道,"它可能被人蓄意破坏了。"

汤姆的话让其他人惊呆了。"你的意思是有人故意撕裂了软管——就发生在我们到达之后?"医生惊呼道,"但是为什么?"

汤姆耸耸肩:"我也想知道答案。有人似乎总是和我们过不去。"然后他向他们讲述了飞艇的氦气罐是如何被放空的事情。

罗德里格斯局长意识到这个年轻人是认真的，问道："如果有罪犯在逃，为什么不告诉我们，先生？"

"我没有确凿的证据。"汤姆答道，"其实，到现在也没有。甚至这个软管上的裂口也可能是个意外。"

"如果你坠毁了，这就是谋杀！"辛普森医生愤怒地大喊。

汤姆眉头一皱。"不知道为什么，我不认为我们的敌人是要谋杀我们。"他沉思道，"他打开氦气塞想要达到的目的就是搁浅我们的飞机。这次液压油泄漏也一样，只是我起飞得太快了。"

斯图·科恩换掉了漏油的软管，重新加满液压系统。他还坚持对降落伞机进行全面检查。警察局长罗德里格斯和他的两个警员仍然满心疑虑，对又一次的延误非常恼火。

突然，汽车引擎的轰鸣声从树林中传来。片刻之后，一辆吉普冲入空地，驾驶员是一个地星人，在他旁边坐着一个体形臃肿、橄榄色皮肤的男人，长着一撇黑色的胡子。他身穿短裤，头戴硬壳太阳帽，手里拿着一个公文包。

他走下车，带着询问的眼光看着人群："汤姆·斯威夫特先生？"

年轻的发明家汤姆走上前去。这个肥胖的男人和他握了握手，说道："我是当地人类学与历史学研究所的马可·布兰克斯。"

第十七章 埋藏的神殿

"非常高兴见到您。"汤姆微笑着说道,"我们盼您盼了好久。"

布兰克斯先生满脸倦容地点点头。"是的,先生,我必须为我的迟到表示歉意,我之前一直在另一个探测点忙得不可开交。"他摘下硬壳太阳帽,擦干前额上的汗,说,"我们到这儿的时间真是糟糕!整个丛林几乎都无路可走。"

罗德里格斯匆忙询问这个来访者。"您是布兰克斯吗?"他殷勤地问道,"我可以看一下您的证件吗,先生?"

布兰克斯打开公文包,出示了几份文件,说:"给您。如您所见,研究所已经同意斯威夫特先生进行发掘活动,这些是让我协助他的官方通知!"

罗德里格斯紧蹙眉头,粗略地看了下文件,说:"看来,所有的事都是符合程序的。既然您有吉普,我和我的人会和您一起乘车前往将要进行发掘工作的村庄。出发吧!"

布兰克斯摸了摸胡子。"等我准备好了,我们再出发。"他直截了当地说道,"我和我的司机都很累。我们得先休息一下,再吃点儿东西。"

汤姆和他的朋友忍着笑。显然,布兰克斯先生不是好欺负的。"如果您愿意的话,可以在我们的飞机上休息一下,然后冲个澡。"汤姆指着蓝天女王提议道。

考古学家和他的司机感激地接受了这个建议。当看到巨大的三层飞艇上舒适的休息室、睡觉舱以及厨房时,他们都诧异不已。

快到晚上的时候，精神焕发的布兰克斯宣布他已经准备好，可以出发了。随后，五位乘客跳上车，还在忙着检修降落伞机的汤姆和他的机组成员向着绝尘而去的吉普挥手告别。

一个小时之后，汤姆已经准备好起飞。急着去看地星村庄的辛普森医生也登机随他同去。他们在之前的"丛林飞机库"着陆，然后徒步走向村庄。抵达村子的时候，已是黄昏时分。

巴德、乔和汤姆·斯威夫特团队的其他成员纷纷出来迎接。"这些警察是怎么回事？"巴德询问道，"难道他们不相信我们吗？"

"恐怕不完全相信。"汤姆答道，"但是布兰克斯先生是站在我们这边的，所以我想一切都会好起来的。"

乔准备了一桌丰盛的晚餐，这似乎让警察局长罗德里格斯相当满意。在和布兰克斯先生最后讨论之后，罗德里格斯准许汤姆在村庄周围进行地星遗址的发掘工作。

"但是你们只能使用泥刀。"考古学家布兰克斯提醒道，"我不会冒险让任何珍贵的地星艺术品被锄头或是铁锹损毁。"

"好的，我明白。"汤姆同意。

第二天一早，汤姆拜托村民每隔一会儿就去检查一下降落伞机，看看它是否一切正常。然后他将回溯镜装到卡车上，和巴德爬上车。格查尔首领请求和他们同去。"我可以告诉你们

第十七章 埋藏的神殿

发掘的地点!"他允诺道。

"好啊!"汤姆说道。

考古学家马可·布兰克斯和那三个警察一同乘坐自己的吉普跟在后面,再后面是辛普森医生和斯威夫特公司的两名工程师驾驶着从蓝天女王开出来的吉普。

格查尔在森林中指出了村子中流传的传说所提及的遗迹埋藏地点。汤姆在每一处的地表之下都放置了一根测试探针,然后把相机的测试单元和斯威夫特分光镜相连。而最有希望的地点是一个巨大的土丘,上面蔓生着丛林植被。在这个地点,分光镜的分析结果显示,地下的石材矿床可能是地星遗址。

"我们必须得用泥刀把这里全部挖开吗?"巴德问道。

"是,挖到发现下面埋的是什么。"布兰克斯答道,"然后才能使用铁锹安全地进行进一步探索。"

考古学家布兰克斯在土丘顶部附近划出一小块区域作为试挖点,然后汤姆和巴德开始发掘。

而此时,乔已经在村子里做完了早餐杂务,出发去加入他们。这位老厨师肩上扛着一个鹤嘴锄,根本不知道布兰克斯先生刚刚下达的命令。

当他看到汤姆和巴德在土丘顶上干活的时候,咕哝道:"哎呀,他们拿着这些针鼻儿大的小泥刀能干成什么事。我想得让像我这样的刀棍老手才能教给他们怎么挥舞锄头!"

就在此时,汤姆大喊一声:"我想我们找到点儿什么了！"

布兰克斯先生和其他人纷纷冲上前去。这两个男孩子挖出了几块平整的石板。"您认为这是什么？"巴德问道。

"可能是用于宗教仪式的石台。"布兰克斯答道，"或者是建筑物的屋顶。先生们，古地星的建筑师从未学过使用楔石建造拱门，他们使用的是一块平整的压顶石。这就是为什么他们大多数的建筑物都是平顶的。"

"如果建筑结构被破坏，它多少会有些摇晃。"他提醒道，"继续小心发掘。剩下的人最好离开这个土丘。"

乔一直在专心致志地挖着地，所以他一点儿都没听到他们的对话。而其他人因为太过激动，也没有注意到这个半隐在茂盛枝叶中的人。突然，他猛地一挥鹤嘴锄，一阵隆隆声从地下传来，紧接着是汤姆和巴德惊慌的尖叫声。石头和碎片哗啦哗啦地向下滑落，土丘的中央陷了下去！

"我的天啊！"乔被自己引发的大破坏惊呆了，猛地倒吸了一口凉气。

两个男孩子消失不见了！

厨子爬到塌方的边缘，布兰克斯和其他人紧随其后。他们从裂口向下看去，但是里面太黑，根本看不出男孩们怎么样了。

"嘿，小伙子们！" 乔颤着嗓子向下喊，"你们还好吗？"

第十七章 埋藏的神殿

"当然——只是感到摇晃了一下。"汤姆的声音传来,乔呼地松了一口气,"给我们送一盏灯下来,我觉得我们是在一个房间里——可能是一座神庙。"

迪克·福尔松匆忙跑向卡车,取出一盏电池提灯,然后用绳子拴住放了下去。

"拿到了——多谢!"汤姆大声喊道。

过了一会儿,提灯黄色的灯光照亮了地底的洞室。

"这是个墓穴!"巴德大喊道。

石头建成的房间里有一排骷髅,端正地坐在墙边!这些骷髅的身高看起来都不高,每个骷髅的脖子上都挂着一串玉珠项链。其中一面墙上雕刻着羽蛇神的神像。骷髅旁放置着碗和其他陶器。

"多么重大的发现啊!"巴德喃喃低语道。

忽然,汤姆兴奋地尖叫起来。

"巴德,看啊!"

副驾驶转过身。汤姆指着雕刻在墓穴墙壁上的一串奇怪的标记惊呼道:

"又有太空符号了!"

第十八章　蓄意破坏

"你能破译这些太空符号吗,汤姆?"巴德盯着墙上的标志,急切地问道。

"其中一部分信息与圣石与麦克斯的碗上面的铭文是一样的——'我们中的五十个人平安飞抵此处。我们会寻找舰队的其他成员',剩下的——"

汤姆迟疑了一下,努力译解剩下的信息。上面写着:"我们希望在此生存下去,但是却必须适应这些怪异的食物。我们自己的补给快用完了。"

汤姆看着这些符号又冥思苦想了几分钟,说道:"恐怕我目前只能解出这么多,我需要《太空词典》来解读出其余的信息。"

"兄弟,这可能讲出了整个故事的原委!"巴德狂喜道,"你有没有把那本词典放到卡车上?"

汤姆摇摇头,说:"没有,我把它落在蓝天女王了。巴德,我必须把电子回溯镜拿下来,查明雕刻这些符号的时间!"

"你在开玩笑吧?"巴德盯着他的朋友,"怎么可能把那个巨大的机器从洞口弄下来呢?"

"你说得对。"年轻的发明家汤姆说道,"这意味着我得制造一个新的微型设备。"

巴德吹了个口哨,摇摇头,说:"你是个工作狂,伙计,但是祝你成功!那我们接下来该做什么?"

"给这些古代遗物拍些照片。"

汤姆冲上面的人喊话,让他们从他的行李中拿两个袖珍相机,其中一个用来进行实地拍摄。相机很快就被放了下来。巴德提着灯,汤姆给遗物、羽蛇神和符号都拍了几张。然后上面的人就把两个男孩子拉上了地面。布兰克斯先生和其他人在听说他们珍贵的发现后感到十分震惊,满眼敬畏地盯着照片。而格查尔听了汤姆说的所有信息后,更是深受触动。

"我会待在这,用我的生命守护下面的宝藏!"格查尔承诺道。

"警察可以做那些事的。"汤姆说道,"如果能叫一些您的族人帮我们发掘的话,可能会更好。村子里的每个人都会有大量的工作要做。"

格查尔急忙答应,说会招募一批部落中的男性成员协助发掘工作。

"你有什么计划,斯威夫特先生?"布兰克斯问道。

"我认为我们应该设法打开整个墓穴。"汤姆答道,"它可能是一个规模较大的建筑物的一部分,比如说神殿或是宫殿。"

"你说得对。"专家点点头,"像这种无价的发现就应该彻底开发!我们必须尽快绘制出这个建筑结构的草图!"他激动不已地说道。

汤姆说他会马上返回飞行实验室,制作小号的电子回溯镜。他让两个工程师迪克·福尔松和杰克·默里同他一起回去,协助他一同缩小设备的尺寸。

"巴德,我希望你留在这照看这些东西。特别是在发掘工作开始之后,留意新的太空符号。然后,随着发掘工作的进展,用你35毫米的摄影机逐一拍照。"

"收到!"

汤姆匆匆与他告别,和那两个工程师钻进吉普,驶向降落伞机。

三个面带微笑的村民走上前来,他们用x国语言说希望"天空之鸟"一切都好。

"有人来过吗?"汤姆问道。

"只有巨人来过。我们跑开了一会儿,然后又回来了。"

汤姆点点头。他和工程师坐进降落伞机的时候,饶有兴味地想:"他们害怕麦克斯,麦克斯害怕他们!"

打开电源之前,汤姆先咯哒一声打开了无线电。"我最好呼叫飞行实验室，让一切准备就绪。"他向同伴解释道，"我们需要从肖普顿空运过来一堆零件，制造新的回溯镜。"

等待了几分钟，汤姆注意到引擎还没有预热的迹象。他掏出一个袖珍螺丝刀，拧开面板，露出了底盘。但是，没有一个管子发光！

"怎么回事？"杰克·默里坐在后座上问道。

"没电。"汤姆很是困惑。他开启氦气泵，又试了几条线路，但是一丝反应都没有。显然，飞艇的整个电气系统都失灵了！

"这个飞艇上用的是太阳能电池，是吗？"迪克·福尔松插了一句。

汤姆点点头，说："但是它们之前从来没出过故障。"

这些体型小巧却功能强大的装置是汤姆·斯威夫特最成功的发明之一。

在太空中的斯威夫特企业的空间站里，就是使用这些电池组件吸收未屏蔽的太阳射线充电。

汤姆非常担心，怀疑会有更严重的损害，他没有追问守卫，迅速打开了降落伞机控制面板下面的一个小舱，六块太阳能电池堆叠在里面。

他惊慌地尖叫一声，所有电池都膨胀起来，撑破了外面的铸模塑料壳！

"天呀！怎么回事？"杰克倒抽了一口气，扑上前想看得

清楚些。

"问得好。"汤姆面色阴冷地答道。他拆下了一块电池。

"可能是这里的高温和潮湿引起了化学反应。"迪克说道。

"可能是——但也可能不是。"汤姆闻了闻从破裂的电池中漏出的化合物,"我打算检查电池确认一下,看样子我们得使用吉普了。"

三个人请求土著认真守卫降落伞机,随后,他们又爬进吉普,穿越丛林,向蓝天女王进发。

在半路上,他们看到大力士麦克斯迈着沉重的脚步向他们阔步走来。

"你觉不觉得是他在守卫走开之后乱动了飞机?"迪克低语道。

"不会的,他没那么聪明。"汤姆答道。

巨人看起来异常憔悴不堪。他肩上斜挂着一个巨大的做工粗糙的背包,步履有些凌乱。

汤姆把吉普刹住,说:"嗨,麦克斯!你这是在干什么——搬家?"

麦克斯把背包砰的一声扔在地上,用他那结实的小臂抹了抹脸上的汗。"嗨,能见到你真是太好了,小伙子。我正好要去找你!拿上这些东西,好不好?"他说着,把背包丢进了吉普的后座。

"这是什么?"

"我的宝藏。"前摔跤手答道,"你保管他们吧,或者把它们送到博物馆什么的。"

"为什么?"汤姆问道。

"就是因为太费心了。"麦克斯靠着吉普,疲惫不堪地一屁股坐到地上,"有了它们,我晚上不能再像以前那样睡觉。我一天到晚就担心有人会把这些东西一扫而光。"

"有人去偷过吗?"汤姆急忙问道,"我的意思是,从你跟我们提过的那次偷窃之后。"

"没有,但是我有预感,他们只是在等待时机。"麦克斯答道,"晚上的时候,我听到洞穴外有声音,就像有人在走路。那不是动物,因为我没有在黑暗中看到发光的眼睛。"

"你觉得那个在附近徘徊的人会是谁?"

"最有可能的,就是那个皮包骨,你们之前追过的那个鬼鬼祟祟的人——除了他还能有谁?"麦克斯转向汤姆,继续说道,"而且还不止这些。你知道昨天晚上发生什么了吗?"

年轻的发明家摇摇头,问:"什么?"

"是这样的,那个时候我睡不着,所以我就想我应该去找你商量一下,你看起来似乎是个聪明的家伙,所以我想如果我们两个合作,就能想出诱捕那个卑鄙小人的办法。可是,等靠近你的飞机,我看到里面有一盏灯!"

"一盏灯!"汤姆紧蹙眉头盯着他,"怎么回事?"

"什么都没有。等我再走近之后,灯灭了。那会儿非常黑,所以我看得不是很清楚,但是,接着就听到了脚步声。我喊了你的名字,想着可能是你,但是没有人回应!我只听到有人冲进了灌木丛!"

汤姆不安地和他的两个同伴对视了一眼。"你认为是那个人毁掉了电池吗,机长?"迪克·福尔松问道。

"有可能。"汤姆答道,"而且正巧是守卫离开的时候。"

麦克斯疲惫地站起身,说:"你们去搞定吧。这件事快把我逼疯了!但是现在要好好看护那些宝物,听到了吗?"

汤姆点点头,安慰道:"不用担心。放轻松,好好休息一下。我不知道那个皮包骨监视者的目的是什么,麦克斯,但是我有预感,他跟踪的是我——不是你。"

麦克斯的情绪有所缓和。

"我当然希望如此,但我也不是希望你们倒霉。好吧,再见!"长发巨人挥了挥大手,拖着沉重的步伐走远,很快消失在树林之中。

汤姆和他的同伴又继续前行。刚一到达蓝天女王,汤姆就立刻冲进实验室,测试损毁的电池。他刮下一些溢出的化合物,放在斯威夫特分光镜下观察。

"原因是什么?"杰克·默里问道。

汤姆的脸沉了下来:"这确实是蓄意破坏。有人把硫酸注入了电池。"

他打开对讲机,向斯图·科恩和其他机组成员下达命令:"立刻登上吉普,开往村子!通知巴德,我现在有证据证明飞机遭人蓄意破坏。另外,全天候守卫我们的所有设备!通知大家留意那个皮包骨的人——他可能会再次破坏我的电子回溯镜!"

第十九章　惊人的招供

机组成员刚驾驶吉普疾驰而去，汤姆就和两个工程师开了一个简短的会议。"看看在这么紧的时间里，我们能不能制定出新的回溯镜的总体设计。"

汤姆的铅笔行云流水般在纸上绘制各种电路的草图。"我认为我们可以使用旧电脑和再现单元。"他决定道，"我们只需在扫描装置上连接更长的电缆，然后改变输入和输出电阻。"

"你是说，你只带着相机进入地下洞室？"迪克·福尔松问道。

"是的，而且我会把它分成两部分——扫描仪和一个装着特定电子元件的机匣。"

"你得把微波场发射机装在相机外壳里。"杰克大声说道。

"当然。"汤姆赞同道。

迪克·福尔松提出一个建议："除去所有的管子可以减小

相机的体积。"

"对。我们得把所有的东西都换上晶体管。"

"我们可以安装一些体积更小的变压器。"杰克·默里补充道，"比如，新型X24的就可以。"

汤姆点点头说道："我们得把所有需要送来的东西都列出来。"

汤姆一填完清单，就急匆匆地爬上无线电舱。

"联系肖普顿。"他对接线员说，"把这张清单给迪林，让他尽快用喷气式货机把上面的东西送过来。"

然后，汤姆返回了实验室。这个神奇的舱室分为几个小隔间——每一间都配备有用于科学专业领域研究的最新装置。迪克和杰克已经在金属加工车间忙活起来，为包含两部分的新型相机生产底架和外壳。

"干得好！"汤姆赞许道，"你们先干着，我去研究探测器。"

他们几乎一刻不停地工作着。直到午夜，三人已经把新的回溯镜可以装配的所有零件都装配好了。破晓后不久，来自肖普顿的喷气式货机在空地着陆，人们期盼已久的零件立刻被卸载下来。汤姆、杰克和迪克早早地吃了早餐，又继续埋头苦干。很快，简洁的设备开始在工作台上成形。

"老兄，相机的底架塞得比沙丁鱼罐头还要紧。"迪克咯

第十九章 惊人的招供

咯地笑着说。

"这个微型相机的做工真是一流,多亏了你们。"汤姆赞许地说道。

杰克·默里乐得咧开了嘴,但又说道:"不能在关公面前耍大刀啊,这是你的设计。"

一小时后,斯图·科恩驾驶着卡车驶入了空地。他登上蓝天女王,快步爬上钢筋横梁的梯子,冲进年轻发明家的私人实验室。

"巴德让我送来一份紧急消息。"斯图说着,从口袋里摸出一封信,交给汤姆。

亲爱的汤姆:

昨天,布兰克斯从墓穴里搬出了一些东西,所以我决定用回溯镜检查一下。一开始运行得很正常,可是后来电脑却忽然短路!昨晚,警察本应该守卫这个装置,但是佩德罗和米格尔睡着了。等今天早上我试着修理电脑的时候,不管你信不信,电脑已经被修好了!……你搞定吧!

你满腹疑云的朋友

巴德

汤姆把信交给迪克和杰克,他们看的时候满脸困惑。"这太疯狂了!"迪克说道,"你怎么想的,机长?"

"这可难倒我了。也许那个神秘的潜伏者也懂电子学。但是他的目的是什么?"汤姆皱着眉头思索,"斯图,告诉巴德我很快就会回去帮他。"

午后，微型相机完工。汤姆反复检查了每一条电路，以防止装配时可能出现的电路问题。然后，他和杰克、迪克一起驾驶吉普动身向村庄进发。他们抵达的时候，土著的炉灶正在炽烈地燃烧着。乔已经准备好一桌可口的饭菜，每个人都津津有味地吃了起来。

晚饭过后，巴德·巴克利把汤姆拉到一旁，说："我稍稍侦查了一下，觉得赫奇克拉夫特这人来这不只是学习语言的！"

"什么！"汤姆吃惊地大叫道。

"他为的是别的事——从来没告诉我们的事。"巴德说道。

"你为什么会那么想？"汤姆问道。

"汤姆，今天下午发掘的时候，我发现他就在不远处。他把一个鼓鼓囊囊的信封藏到了一块很大的平板石下，然后又拿出了一些工具和电线。"巴德回道。

汤姆兴味盎然地眯起眼说："工具？他拿着那些工具干什么了？"

"这你可难倒我了，伙计。"巴德答道，"就在那时候布兰克斯喊我，所以我只好离开了。等我完事回来，赫奇克拉夫特已经不在了。"

汤姆细细思索了一遍。他是应该马上质问那个人，还是只是静静观察，等待进一步的发展？巴德完全赞同立刻和那个语言学家摊牌。

第十九章　惊人的招供

"咱们去看看那个信封里有什么吧。"他怂恿道。

"巴德，我们没有权利窥探赫奇克拉夫特的私人财产。"汤姆说道。

"呃，至少去看看那个信封吧。"巴德恳求道，"如果他跟蓄意破坏降落伞机有关系的话，我们就有权利保护自己。"

"好吧。我们去侦察一下。"汤姆同意道。

随后，两个男孩子没有告诉任何人，拿着手电走进了森林。朦胧的月光笼罩着丛林，四下一片静谧，偶尔会传来夜晚出行的鸟儿怪异的叫声。

巴德在距离挖掘点大约100米的地方停住脚步。"就是这儿。"他用手电照着一块破裂的石板说道。

汤姆把石头抬起，从下面拽出一个巨大的马尼拉麻纸信封，然后拿到手电跟前。

"上面什么都没写。"巴德咕哝道。

"等等！"汤姆把信封拿到近前仔细检查，用指尖轻轻揉搓，"巴德，我觉得上面有化学品的痕迹。可能是隐形笔迹。"

巴德说道："这才可疑。"

"也许我们可以让字迹显现出来。"汤姆答道，"我从蓝天女王带来了一些用来清理地星遗迹的化学品。现在还在吉普上。"

"好啊，去拿过来吧。"巴德催促道。

吉普停靠在村庄外缘，所以这两个男孩子可以在不被察觉的情况下拿到化学品。汤姆迅速在试管中混合出溶液。然后，拿一块棉花放在里面浸湿，擦拭信封。

当一连串字缓缓浮现的时候，男孩子们如遭雷击：

小汤姆·斯威夫特的降落伞机图纸

威尔逊·赫奇克拉夫特

"被盗的设计图！"巴德倒抽一口气，"所以那个鬼鬼祟祟的卑鄙小人一直在做的就是这个！"

汤姆愤怒地打开信封，掏出很大一捆折叠的文件。但是七张纸都是空白的。巴德诧异地看着他的朋友。

"还是隐形笔迹吗？"巴德问道。

"看看。"汤姆马上提议道。

他又用化学溶液一张接一张地把七张纸涂抹了一遍，上面显示出汤姆的降落伞机整个电气系统的图解！

巴德怒火中烧，大喊道："那个卑鄙小人！"

"那个皮包骨一定是共犯！"汤姆说道，"赫奇克拉夫特把设计图留在这，是为了让他拿走！"

汤姆匆忙制订出一个计划。他把图纸塞进信封，放回石头下面。然后，两个男孩子迅速赶回村庄，找到赫奇克拉夫特的时候，他正在广场上闲逛。

"你们似乎很激动啊，小伙子们。"他咧着嘴取笑他们，"别告诉我你们又找到一座被埋藏的神庙！"

"没有，但是我们有东西想让你看看。"汤姆答道，"这

第十九章 惊人的招供

是个秘密。我希望你过来看一看——也许你能帮我们。"

赫奇克拉夫特十分好奇，他忽然满眼兴致，问："不能直接告诉我是什么吗？"

"我们不太确定。"巴德说道，"自己过来看看！"

赫奇克拉夫特根本不需要怂恿，因为他显然已经被汤姆和巴德的神秘举动吸引了，急切地跟着两个男孩子。他们把他带入森林，停在那块平板石旁。巴德指着石板说："知道底下有什么吗，赫奇克拉夫特？"

在手电筒的光芒中，他的脸色惨白，狼狈不堪。"我……我不知道你在说什么。"他紧张不安地说道。

"哦，不知道？"汤姆把手伸到石头下，猛地抽出信封，"我想你应该解释一下这个吧！"

赫奇克拉夫特努力让自己冷静下来。"我说我什么都不知道！"他咆哮道，"你们这帮家伙就是在试图诱骗招假供又或者其他什么。我不用站在这听你们诬陷。"

他试图转身离去，但是巴德抓住了他，愤怒地摇晃着他的身体。"你做这件事很久了吧！"副驾驶吼道。他猛地挥出拳头，一下子打在了赫奇克拉夫特的下巴上。

赫奇克拉夫特被打得倒地不起。他呻吟一声，挣扎着想要站起来，但巴德紧握着拳头站在旁边从高处盯着他。

"别打我！"赫奇克拉夫特乞求道，"我说！不要再打我了！"

第十九章 惊人的招供

"好啊,那赶紧说。"汤姆冷冷地对他说道。

"没错,我的确试图偷你降落伞机的设计图。"赫奇克拉夫特承认道,"但是我本来是不想的,是一个名叫亚伦·费尔泽的人,是他让我偷的。"

"什么意思?他让你偷的?"

"我欠了他很多债,但是还不了。"赫奇克拉夫特解释道,"他威胁我,说如果我不帮他的话,就要起诉我,甚至要把我扔进监狱。费尔泽是一个专利强盗。他得知你正在发明一种新型的飞艇,认为如果可以得到图纸,就可以在你把飞艇投放市场之前,以自己的名义申请专利。"

"你为什么要破坏降落伞机?"巴德说道,"不要告诉我们那不是你干的!"

"好吧,我承认!"赫奇克拉夫特缩了缩脖子,"我想把你们这帮人困在这,我好找机会草拟一整套的示意图。我真的是个工程师,你知道的。"

"还是个电子专家,对吗?"汤姆质问道。

赫奇克拉夫特点点头,说:"我想你已经猜到其他的事了。我后来想倒不如把你的回溯镜的设计图也搞到手。这就是为什么我碰巧把电子计算机的短路修好了。我在绘制接线草图的时候,几乎都不用思考。而且,也是我把子弹从你的步枪里取出来的。"

汤姆和巴德轻蔑地瞪着他。然后,汤姆说:"费尔泽就是那个瘦得皮包骨的人吗？"

"什么——呃——是的。你是怎么知道的？"赫奇克拉夫特惊讶道。

"有人在附近看到过他。他藏在哪？"汤姆问道。

赫奇克拉夫特犹豫了一下说道："亚伦住在一辆隐藏在丛林中的吉普车里。他在暗中监视我。我恨他。他是这一切的根源，讨厌鬼！请不要逮捕我！我还临摹了其他的设计图，如果你放我走，我就告诉你它们藏在哪！"

"我们不会做任何承诺。"汤姆语带嘲讽地说道，"先把设计图给我们。"

"好吧。"赫奇克拉夫特顺从地说道，"跟我来。"他朝着发掘点走去，两个男孩子紧随其后，防止他逃跑。"那些设计图藏在发掘点另一边的岩石下。"赫奇克拉夫特解释说。

"麦克斯的宝物是你偷的，还是费尔泽偷的？"向土丘走去的时候，巴德问道。

"不是我做的，所以一定是费尔泽。"赫奇克拉夫特一口咬定。

当三人走过汤姆和巴德掉进地星墓穴的那个塌陷时，赫奇克拉夫特突然转过身，恶狠狠地拿着手电筒挥向汤姆，打在了他的头侧。而被吓得目瞪口呆的发明家顺力撞向巴德。这下撞击把两个男孩手中的手电筒撞飞了出去。汤姆和巴德在深坑的边缘上摇晃了起来，他们想要恢复平衡！但是，下一秒，他们骤然跌落到巨大的洞中！

第十九章 惊人的招供

当他们头朝下跌落到黑暗中时,听到了赫奇克拉夫特的奸笑声。"现在,这也将会是你们的坟墓!"他尖声叫道,"而且,这还有一个手榴弹可以送你们一程!"

第二十章　太空人的命运

赫奇克拉夫特威胁的话语回荡在汤姆和巴德的耳边，两人已经跌落墓底，蜷缩在地上。紧接着，他们听到手榴弹落在身边发出的当啷的金属声！

"快跑！闪开，汤姆！"巴德尖叫道。

两人疯狂地一跃而起，逃出爆炸的范围，然后猛地卧倒在地。汤姆开始小声计数："一……二……三……四……"

可是数到二十的时候，还是什么都没发生。"我们安全了，巴德！"他嗓音沙哑地低语道，"赫奇克拉夫特肯定是忘记拉保险环了！"

两人又继续趴了一会儿，确保这个炸弹或者手榴弹不是延时的类型。最后，他们站起身，仍然在为刚刚的死里逃生战栗不已。

"吓死我了！"巴德大口大口地喘着气。

"但是我们还活着，伙计——我们还活着！"汤姆放松下来，深深地吸了一口气。

第二十章 太空人的命运

"现在,我们要做的就是从这儿出去。"巴德无力地说道。

"我们试着喊人吧。"汤姆建议道。

然后,两个男孩开始声嘶力竭地呼喊,一开始是一起喊,后来轮流喊。最后,他们累得嗓音嘶哑,上气不接下气,也就放弃了。

"没用的。"汤姆说,"村子离这太远了。看样子,我们要不就等人来救,要不就自己找路出去。"

"那会很有趣的。"巴德沮丧地说道。

地下洞室里漆黑一片,只有从裂口照射下来的微弱月光。

"这间屋子有两个出口。"汤姆仔细思索着,试着想象出房间的布局,"我很好奇都在哪呢?"

突然,巴德打了个响指说道:"汤姆!今天发掘组收工的时候,我注意到土丘外面有个地方看起来像一扇门。它是半掩着的,但我们或许可以从那找到出路——如果能找到的话。"

汤姆翻翻口袋,找出一团合股线,提议道:"我们可以用这个标记路线来确定我们的方位。"

"好主意。"巴德说道,"我先走。我想我大概知道那扇门的位置。"

"好,但是要小心行事!"汤姆把合股线的一头系在巴德的手指上,自己紧紧抓住线团。

巴德小心翼翼地在黑暗中摸索。他知道,想要找到那扇门，就得先摸到墙壁，换句话说，这意味着他很有可能会碰到一些骷髅。这种想法让巴德哆嗦了一下。

忽然，他的脚踢到了什么东西，发出的声音就像骨头哗啦一声散到地上一样。"天啊——我真的碰到了！"巴德吓得倒抽了一口气。

他在黑暗中伸出手，手指碰到了墙壁。然后，一寸一寸地试探着前行。过了一会儿，他走到了一个很小的拱门前。穿过拱门，他发现自己站在石阶之下。

台阶又窄又陡，他只能侧着脚踩在上面。在石阶顶端，他发现一段狭窄的回廊。沿着回廊大约走了几米，他被一个感觉像是木门的东西挡住了去路。巴德猛推了一下门，但是门纹丝不动。

"我想我是找到了，汤姆！"他大声喊道。

"好的！在那儿等着我！"汤姆喊道。年轻的发明家把剩下的合股线团放在地上作为标记，然后顺着绳子向前走。他不小心绊倒在台阶上，胫骨磕到一个石雕像，又差点摔趴在地上，但终于找到了他的朋友。

"得费很大劲才能把这扇门打开。"巴德提醒道。

"咱们试试老式的喊号子的方法吧！"汤姆说道。他们随着口号一起用肩膀撞击古老的木门。门吱嘎响了一声，但是没有动。他们又试了一遍，还是没有成功。

第三次撞击之后，传来了碎裂的声音。他们又试了一次，

第二十章 太空人的命运

门终于被打开,松散的灰尘和石子纷纷落下。

"哦,天啊,夜晚的空气真清新啊!"巴德深吸了一口气说道。

"我想我们得摸黑返回村子。"汤姆说道,"至少还有一点月光陪着我们。"

他们顺着发掘者的卡车和吉普的车辙,最终抵达了村庄。他们向警察局长罗德里格斯和其他人讲述了他们的经历,于是局长决定立即搜查赫奇克拉夫特,但土著报告说他们看到语言学家打包好行李,溜进了丛林。

"不要担心,先生们。"警察局长说道,"我向你们保证,他和他的同党走不了多远。我和我的人现在就去抓捕他们!"

在格查尔的帮助下,罗德里格斯迅速地组织起由土著组成的三个搜索队。他、佩德罗和米格尔各带一队。

但搜索队还没来得及出发,叽叽喳喳的地星人就爆发出了一阵激动的喊叫声。赫奇克拉夫特低着头在前面走,而在他后面的是闲庭信步的巨人。

"是大力士麦克斯!"巴德大喊道。

前摔跤手的嘴咧得大大的,走到了火光中。他的一只大手就像拎着小猫一样地拎着一个干瘦男人的后颈。另一只手里抓着一个超重的背包和一捆图纸。

"这是那个皮包骨和他的同伙。我就知道总有一天我会抓住这个鬼鬼祟祟的人！"汤姆和其他人欢呼起来，麦克斯也大声狂笑，"我想如果连这个懦夫都不怕这些地星人，那我也不用怕！"

"干得好，麦克斯！"汤姆赞扬道，"你还拿回了我发明的图纸！"

"还有，这是他从我这儿偷的东西！"麦克斯晃晃背包说道。

那个瘦小的男人被吓得脸色铁青，但是却还在厚颜无耻地想要逃跑。"你们这帮家伙没有权利抓我！"他呜咽道，"这是诬陷！"

"不，这不是诬陷，亚伦·费尔泽先生。"汤姆冷冷地说道。

路易斯·罗德里格斯咔嗒一声给他戴上了手铐，说："你和赫奇克拉夫特先生将会因袭击、盗窃以及谋杀未遂接受审判！"

所有的人都开始议论纷纷，但是格查尔首领示意他们安静下来，然后说："现在，我们可以研究符号所含的意思了。"

第二天早晨，汤姆和他的助理们通过最新发现的通道，重新进入了墓穴。这一次，他们携带了足够的灯，汤姆还带着一本《太空词典》。

汤姆走下石阶，步入墓室，立刻开始翻译墙上的铭文。研究了半小时之后，他把译解出的信息读给他的同伴：

"这里有许多巨大的动物，我们已经有好几个人遇害。我们试图飞离此地，但是我们的……空白……将无法运转。"

第二十章 太空人的命运

"那个'空白'是什么意思,头儿?"乔问道。

汤姆叹了口气,紧蹙眉头说道:"是一个符号,但是我译不出来,乔,就算有词典也不行。可能是一种宇宙飞船——或者是我们没听说过的东西!"

新的微型相机的两部分现在已经通过土丘顶部的裂口放了下来。上面连接的电缆延伸至放在卡车上的电脑和再现单元。汤姆把相机对准墙壁,然后启动电源。片刻之后,在地面上的迪克·福尔松向下呼喊,说时间表盘上已经显示出了读数。

"听着,机长!"他大喊道,"那些符号是在大约公元前1000年被刻上去的!"

"哇!"巴德倒抽了一口气,"试想想,汤姆——你那些太空朋友在科学领域实在是太超前了,他们竟然可以在3000年前进行太阳系内的航行!"

"我的祖先在3000年前就来到了这里?"格查尔大喊道。

"如果他们是你的祖先的话,是的。"汤姆答道。

其他的照片显示石墙上的勇士是在那很久之后雕刻上去的——大约是在公元800年。汤姆说,他认为这些太空人的雕刻是在室外被刻上岩石的。之后,这些雕刻被当作神圣之物,所以又在周围修建了一座神殿保存它们。人们兴奋地讨论起太空人后来的命运。他们是死了,还是继续存活,还是返回了自己的星球?

乔最后换了个话题说道："摸摸美洲虎的胡须吧，但是我认为这整个探险的重点是汤姆的回溯镜的重大成功。"

每个人都为他的话欢呼起来，然后巴德说："呃，天才，接下来怎么办？另一个发明？还是暂时保密？"

两人都盼着用汤姆的海洋光谱选择器开始下一次探险。

"还发掘吗？"巴德问汤姆。

"把这个发掘点留给考古学家吧，巴德。"汤姆咧着嘴笑着回应道，"现在，我迫不及待地想要回肖普顿去联系我的太空朋友们。我想知道他们的'历史书'上是怎么描述这个在3000年前飞抵地球的太空舰队的！"